URBAN STYLE
EST 1988
25
THE LEGENDS OF
URBAN LIFE

Maja von Vogel

Die drei !!!

Liebes-Chaos

Kosmos

Umschlagillustration von Ina Biber, München
Umschlaggestaltung von Friedhelm Steinen-Broo, eSTUDIO CALAMAR

Unser gesamtes lieferbares Programm und viele weitere Informationen zu unseren Büchern, Spielen, Experimentierkästen, DVDs, Autoren und Aktivitäten findest du unter **kosmos.de**

Weitere Bände dieser Reihe siehe S. 160

MIX
Papier aus verantwortungsvollen Quellen
FSC® C014496

Gedruckt auf chlorfrei gebleichtem Papier

ISBN 978-3-440-14998-0
Redaktion: Natalie Friedrich
Produktion: DOPPELPUNKT, Stuttgart
Druck und Bindung: GGP Media GmbH, Pößneck
Printed in Germany / Imprimé en Allemagne

Die drei !!!

Liebes-Chaos

Schmetterlinge im Bauch

»Gewonnen!« Prustend schlug Franzi am Beckenrand an und wischte sich das Wasser aus den Augen.
Blake tauchte eine halbe Sekunde später neben ihr auf. »Nicht schlecht.« Er strich sich die nassen, dunklen Haare aus dem Gesicht. »Hast du heimlich trainiert?«
Franzi lachte. »Kein bisschen. Kann es sein, dass deine Fitness etwas nachgelassen hat?«
Blake verzog das Gesicht. »Hör bloß auf, das ist gerade mein wunder Punkt. In letzter Zeit hatte ich so viel für die Schule zu tun, dass ich mein Karatetraining mehrmals ausfallen lassen musste. Zum Basketballspielen und Rudern bin ich auch zu selten gekommen. Das muss sich unbedingt wieder ändern!« Er zog sich mit einer kraftvollen Bewegung aus dem Wasser und setzte sich an den Beckenrand.
Franzi schüttelte grinsend den Kopf. Blake übertrieb maßlos. Weder an seinem muskulösen Oberkörper noch an den durchtrainierten Armen konnte sie ein einziges Gramm Fett erkennen. Blake wirkte so sportlich wie eh und je. »Keine Sorge, noch brauchst du keine Diät«, stellte sie spöttisch fest. »Außerdem fangen in einem Monat die Sommerferien an, dann hast du wieder jede Menge Zeit für Sport.«
»Zum Glück!« Blake löste den schmalen Gurt, der seine Oberschenkel zusammenhielt. Er zog den am Beckenrand bereitstehenden Rollstuhl heran und schwang sich hinein. »Wie wär's mit einem Eis? Als Verlierer unseres kleinen Wettschwimmens gebe ich einen aus.«

»Prima!« Franzi stieg ebenfalls aus dem Wasser, griff nach ihrem Handtuch und knotete es sich um die Hüften.

Während Franzi neben Blake in Richtung Kiosk schlenderte, drückte sie das Wasser aus ihren roten Zöpfen und genoss die Sommerstimmung. Das Waldschwimmbad war an diesem Julisonntag gut besucht. An der Rutsche hatte sich eine lange Schlange gebildet, im Kinderbecken planschten die Kleinen fröhlich jauchzend unter den wachsamen Blicken ihrer Eltern und die Liegewiese war mit bunten Handtüchern übersät. Der typische Freibadgeruch nach einer Mischung aus Chlor, Sonnencreme und Pommes frites lag in der Luft und die Steinplatten unter Franzis nackten Füßen fühlten sich angenehm warm an. Kein Wunder, schließlich strahlte schon den ganzen Tag die Sonne von einem wolkenlosen Himmel und das Thermometer hatte in den Mittagsstunden die 30-Grad-Marke geknackt.

»Ist der Sommer nicht herrlich?« Blake, der mit schwungvollen Armbewegungen den Rollstuhl vorantrieb, schien wie so oft Franzis Gedanken erraten zu haben. Manchmal hatte sie das Gefühl, er könne in ihr lesen wie in einem offenen Buch. Was wahrscheinlich daran lag, dass sie in den letzten Monaten viel Zeit miteinander verbracht hatten. Franzi hatte Blake auf Anhieb sympathisch gefunden, als sie sich in einem der letzten Sommer hier im Waldschwimmbad kennengelernt hatten. Er hatte einen super Humor, war total sportlich und immer zur Stelle, wenn jemand Hilfe brauchte. In seiner Gegenwart fühlte man sich einfach sofort wohl.

»Ich liebe den Sommer«, bestätigte Franzi. »Er ist meine absolute Lieblingsjahreszeit.«

Auch am Kiosk hatte sich eine lange Schlange gebildet. Franzi und Blake stellten sich hinten an. Ein paar Leute warfen verstohlene Blicke auf Blakes Sportrollstuhl mit den knallroten Vorderrädern. Blake ignorierte sie und schob sich lässig eine große Sonnenbrille auf die Nase. Franzi fiel es schwerer, gelassen zu bleiben. Es machte sie ganz kribbelig, wenn Blake so angestarrt wurde. Manche Menschen benahmen sich, als hätten sie noch nie jemanden im Rollstuhl gesehen.

Blake hatte sich bei einem Reitunfall vor einigen Jahren die Wirbelsäule verletzt und war seitdem querschnittsgelähmt. Doch er ließ sich nicht unterkriegen, sondern hatte beschlossen, das Beste daraus zu machen. Meistens gelang ihm das auch ganz gut, wofür Franzi ihn vorbehaltlos bewunderte.

»Übrigens wollte ich dich noch etwas fragen«, begann Blake, während sie in der Schlange langsam vorrückten.

»Was denn?«

»Ich will mich für einen Chairskating-Workshop anmelden, der demnächst im Schillerpark stattfindet«, erzählte Blake. »Hast du Lust mitzukommen?«

Blake interessierte sich schon länger für Chairskating, eine noch relativ neue Actionsportart für Rollstuhlfahrer, bei der statt eines Skateboards der Rollstuhl benutzt wird. Vor einer Weile hatte er mit Franzi ein paar Skate-Nummern mit Rollstuhl und Inlinern eingeübt und bei einem Aktionstag aufgeführt, um Geld für den Zoo zu sammeln.

»Klingt spannend«, sagte Franzi. »Ich bin dabei.«

»Klasse!« Blake schien sich ehrlich zu freuen und Franzis Herz klopfte ein wenig schneller.

»Wer leitet den Workshop?«, fragte sie möglichst sachlich.

»Ein bekannter Chairskater aus Berlin, der dafür extra in die Stadt kommt. Der Typ ist wirklich wahnsinnig gut.« Blakes Stimme bekam einen schwärmerischen Unterton. »Das ist eine einmalige Chance, Tipps von einem Profi zu bekommen. Ich hab im Internet ein paar Videos von ihm gesehen. Es ist unglaublich, was man mit einem Rollstuhl alles machen kann. Als wären die Gesetze der Schwerkraft nicht mehr gültig.« Er drehte sich blitzschnell einmal um die eigene Achse, was ihm weitere Blicke der Umstehenden eintrug.

»Ist ja auch die perfekte Ergänzung zu deinen vielen anderen Sportarten«, stellte Franzi fest. Blake war mindestens genauso sportbegeistert wie sie selbst. Franzi ritt nicht nur regelmäßig auf ihrem Pony Tinka, sie ging auch joggen, schwimmen und düste auf ihren Inlinern durch die Gegend. Den Skatepark im Schillerpark, wo der Workshop stattfinden sollte, kannte sie darum wie ihre Westentasche.

»Ich bin jedenfalls schon wahnsinnig gespannt.« Blake zog sein Portemonnaie hervor. Gleich waren sie an der Reihe. »Dann melde ich dich mit an, okay?«

»Okay.« Franzi trat in den Schatten des Kiosks. Hier war es etwas kühler als in der sengenden Nachmittagssonne. Sie hatte empfindliche Haut und bekam schnell Sonnenbrand, wenn sie nicht aufpasste.

»Was darf's denn sein?«, fragte die Kiosk-Besitzerin, eine freundliche Frau, die sich weder vom Besucheransturm an diesem Sommersonntag noch von quengelnden Kindern oder ungeduldigen Erwachsenen aus der Ruhe bringen ließ.

Franzi überflog die Eiskarte. »Drei Kugeln Bananeneis in der Waffel, bitte. Mit Schokostreuseln!«

Blake entschied sich für je eine Kugel Erdbeer-, Zitronen- und Tiramisu-Eis mit Sahne und reichte der Verkäuferin einen Geldschein.
Kurze Zeit später saßen sie an einem der einfachen Holztische neben dem Kiosk im Schatten eines rot-weiß gestreiften Sonnenschirms. Franzi leckte hingebungsvoll die Schokostreusel von ihrem Bananeneis. »Schoko und Banane, das ist die perfekte Kombination«, nuschelte sie. »Vielen Dank übrigens für die Einladung.«
»Gern geschehen!«
Eine Weile herrschte zufriedenes Schweigen. Franzi schloss die Augen. Sie spürte den süßen Geschmack auf der Zunge, das leicht müde Gefühl in Armen und Beinen, das sich immer nach dem Schwimmen einstellte, und die sommerliche Wärme, die sie von Kopf bis Fuß einhüllte wie eine kuschelige Decke. »Am liebsten würde ich die Zeit anhalten«, murmelte sie träge. »Dieser Moment ist einfach perfekt.«
»Das finde ich auch«, bestätigte Blake.
Franzi öffnete die Augen und begegnete seinem Blick. Er war so intensiv, dass sie augenblicklich knallrot wurde.
»Hab ich dir eigentlich schon mal gesagt, wie gern ich mit dir zusammen bin?«, fragte Blake ungewöhnlich ernst.
Franzi schluckte. Ihr Herz klopfte heftig, während sie leicht den Kopf schüttelte.
»Mit dir fühle ich mich einfach total wohl.« Blake räusperte sich. »Ich … du … du und ich …« Ehe er den Satz beenden konnte, rutschte eine Portion Sahne von seiner Eiswaffel und klatschte auf seine dunkelblaue Badehose. »Mist!«
»Warte …« Franzi griff nach dem Serviettenständer, der auf

dem Holztisch stand, um eine Papierserviette herauszuziehen. Blake hatte dieselbe Idee und ihre Finger berührten sich. Franzi zog die Hand so schnell zurück, als hätte sie sich verbrannt. Ein Schwarm Schmetterlinge flatterte in ihrem Bauch und ihr ganzer Körper wurde von einem angenehmen Kribbeln erfasst.

»Sorry«, murmelte Blake. Er griff nach einer Serviette und wischte sich die Sahne von der Badehose.

Franzi hätte gerne einen lockeren Spruch gemacht, aber ihr Kopf war wie leer gefegt. Erst jetzt merkte sie, dass das Bananeneis zu schmelzen begonnen hatte und auf die Tischplatte tropfte. Schnell leckte sie über die Eiskugeln. Der süße Geschmack beruhigte sie ein wenig und sie konnte wieder einen klaren Gedanken fassen.

»Was wolltest du eigentlich gerade sagen?« Sie warf Blake einen verstohlenen Blick zu.

Blake zögerte. »Ich … also … ich wollte …« Er knüllte die Papierserviette zusammen und beförderte sie mit einem gezielten Wurf in den nächsten Mülleimer. »Ach, nichts.« Er kratzte sich verlegen im Nacken.

Franzi zuckte mit den Schultern. »Wie du meinst.« Sie versuchte, sich ihre Enttäuschung nicht anmerken zu lassen. Was hatte Blake ihr erzählen wollen? Würde sie es je erfahren? Und wenn ja, würde es ihr gefallen?

Am nächsten Morgen trat Franzi kräftig in die Pedale. Der Fahrtwind pfiff ihr um die Ohren. Eigentlich hatte sie noch genug Zeit bis zur ersten Stunde, aber die Bewegung tat gut und mit etwas Glück würde sie die körperliche Betätigung von ihren Gedanken ablenken, die seit gestern ständig um

Blake kreisten. Er ging ihr einfach nicht mehr aus dem Kopf. Franzi hatte weder einen Blick für den herrlich blauen Himmel, der sich über der Stadt wölbte, noch für die Sonnenstrahlen, die allmählich über die Hausdächer krochen und alles in rosafarbenes Morgenlicht tauchten. Es würde wieder ein wunderschöner Sommertag werden, aber das war Franzi in diesem Moment ziemlich egal.

Sie konnte es nicht länger leugnen: Sie war verwirrt. Um nicht zu sagen, ihre Gefühle waren ein einziges Chaos. Bisher hatte sie sich immer einzureden versucht, nichts als reine Freundschaft für Blake zu empfinden. Aber das ging jetzt nicht mehr. Nicht nach dem Blick, mit dem Blake sie gestern beim Eisessen angesehen hatte. Nicht nach den Schmetterlingen in ihrem Bauch, als sich ihre und Blakes Finger zufällig berührt hatten. Nein, es brachte nichts, sich länger etwas vorzumachen. Ihre Gefühle für Blake waren viel mehr als Freundschaft. Sie hatte sich in ihn verliebt, so einfach war das. Und gleichzeitig so kompliziert.

Franzi bog um die Kurve und die Schule kam in Sicht. Sie beschleunigte zu einem letzten Spurt, auch wenn sich ihre Gedanken dadurch leider keineswegs abstellen ließen. In ihrem Kopf schwirrten tausend Fragen herum. Wie sollte sie sich Blake gegenüber in Zukunft verhalten? Würde sie genauso unbefangen mit ihm umgehen können wie bisher? Sollte sie ihm ihre Gefühle gestehen oder lieber weiterhin den guten Kumpel spielen? War sie nach der schmerzhaften Trennung von ihrem Exfreund Felipe überhaupt schon bereit für eine neue Beziehung? Und – die wichtigste und gleichzeitig beängstigendste Frage von allen: Was empfand Blake für sie?

Franzi sauste auf den Schulhof. Nur undeutlich nahm sie eine Gestalt aus den Augenwinkeln wahr, die in letzter Sekunde zur Seite sprang. Franzi legte eine Vollbremsung hin und kam keuchend direkt vor den Fahrradständern zum Stehen.
»Sag mal, spinnst du?«, schimpfte eine Stimme hinter ihr. »Du hättest mich fast über den Haufen gefahren! Wir sind hier doch nicht bei der *Tour de France.*«
Franzi stieg vom Rad und drehte sich um. Vor ihr stand ihre Freundin Kim Jülich. Sie hatte die Hände in die Hüften gestützt und funkelte Franzi ärgerlich an.
»Tut mir leid«, murmelte Franzi. »Ich war mit den Gedanken ganz woanders.«
»Das hab ich gemerkt.« Kim fuhr sich durch ihre kurzen, dunklen Haare und warf Franzi einen prüfenden Blick zu. »Ist was passiert?«
»Nein, nein«, beteuerte Franzi schnell. Ihre Gefühle für Blake waren noch viel zu verwirrend, um darüber zu sprechen. Vorläufig wollte sie sie lieber für sich behalten. »Alles in Ordnung.«
Sie schob ihr Rad in einen freien Ständer, schloss es ab und griff nach ihrem Schulrucksack, der heute wegen der Sportsachen besonders schwer war.
»Wenn du meinst ...« Kim wirkte nicht richtig überzeugt. Sie war eine aufmerksame Beobachterin und ließ sich nicht so leicht etwas vormachen. Aber schließlich zuckte sie mit den Schultern und fügte hinzu: »Hauptsache, du denkst an das Detektivclubtreffen heute Nachmittag. Um drei Uhr bei mir. Du hast es doch nicht vergessen, oder?«
»Natürlich nicht!«, behauptete Franzi im Brustton der Über-

zeugung. Dabei hatte sie vor lauter Blake-Grübeleien tatsächlich nicht mehr an die Verabredung gedacht.

»Wir haben zwar gerade keinen neuen Fall, aber wir könnten ja Pläne für die Sommerferien machen«, sagte Kim gut gelaunt. »Nur noch knapp vier Wochen bis zum letzten Schultag, ist das nicht toll?«

»Klar …«, murmelte Franzi zerstreut.

Sie und ihre Freundinnen Kim und Marie gingen nicht nur gemeinsam durch dick und dünn, sie waren auch erfolgreiche Detektivinnen. Mit ihrem Detektivclub *Die drei !!!* hatten sie schon über fünfzig Fälle gelöst. Leider war der letzte Fall, bei dem sie mysteriöse Vorkommnisse um ein geisterhaftes Parfüm aufgedeckt hatten, schon eine Weile her.

»Was hast du in der ersten Stunde?«, erkundigte sich Kim.

»Sport.« Franzi nickte zu einem hochgewachsenen Mann mit dunkelblonden Haaren und Dreitagebart hinüber, der gerade vom Lehrerparkplatz kam und auf die Sporthalle zuging. Er war ungefähr Mitte vierzig und trug eine blaue Sporttasche. »Bei Herrn Carstens.«

Der Lehrer winkte ihr zu und Franzi grüßte zurück.

»Der ist ganz nett, oder?«, fragte Kim.

»Ja, meistens schon.« Franzi schulterte ihren Rucksack. »Ist ein ziemlich lockerer Typ. Ich mag ihn, aber bei manchen Schülern kann er sich nicht so richtig durchsetzen. Felix und Cedric zum Beispiel machen bei ihm, was sie wollen.«

Henning Carstens unterrichtete Franzis Klasse, die 7f, in Sport und Mathe. Er war erst seit einem halben Jahr an der Georg-Lichtenberg-Gesamtschule und vertrat den bisherigen Sportlehrer Herrn Müller, der sich nach einer Herz-OP einer längeren Reha unterziehen musste. Kim besuchte die Parallelklasse.

»Felix und Cedric?«, hakte Kim nach. »Die beiden Chaoten aus deiner Klasse?«

Franzi nickte. »Sie machen zwar auch bei anderen Lehrern gerne Quatsch, aber auf Herrn Carstens haben sie es in letzter Zeit besonders abgesehen.«

Das Klingeln zur ersten Stunde beendete das Gespräch. »Ich muss los.« Kim winkte Franzi zu. »Wir sehen uns später.«

Kim eilte über den Schulhof zum Haupteingang und Franzi marschierte etwas langsamer in Richtung Sporthalle. Wie gut, dass die neue Woche wenigstens mit ihrem Lieblingsfach begann. Das machte den Montagmorgen ein wenig erträglicher. Bevor sie die Halle betrat, atmete sie noch einmal tief die frische Morgenluft ein. Erst jetzt fiel ihr auf, dass sie während der Unterhaltung mit Kim kaum an Blake gedacht hatte. Franzi lächelte in sich hinein. Das war doch immerhin ein kleiner Fortschritt!

Ärger in der 7f

»Heute stehen Passübungen und Korbleger auf dem Programm«, verkündete Herr Carstens. »Aber erst machen wir uns mit einem Dauerlauf warm. Auf geht's!« Ein Pfiff aus seiner Trillerpfeife übertönte das allgemeine Stöhnen. Mehr oder weniger motiviert trabten die Schüler los.

Auch Franzi setzte sich in Bewegung. Der Schwingboden der Sporthalle vibrierte unter zwei Dutzend Turnschuhpaaren. Die erste Runde lief Franzi langsam und kontrolliert, bis sie spürte, wie ihre Muskeln warm wurden und sich lockerten. Dann steigerte sie das Tempo und ließ ihre Schritte größer und weiter werden. Sie überholte ein paar Mitschüler, die sich wie Mehlsäcke dahinschleppten. Im Gegensatz zu ihnen genoss Franzi das perfekte Zusammenspiel ihrer Muskeln. Unglaublich, dass es Menschen gab, die Sport nichts abgewinnen konnten! Für Franzi war Bewegung wie eine Wellnesseinheit für Körper, Geist und Seele. Beim Laufen funktionierten ihre Beine nach einer Weile ganz von allein. Sobald sie ihren Rhythmus gefunden hatten, begann Franzis Kopf, sich zu leeren. Alle störenden Gedanken lösten sich in Luft auf, der Stress des Alltags fiel von ihr ab und sie kam innerlich vollkommen zur Ruhe. Herrlich …

Ein durchdringender Pfiff riss sie aus diesem angenehmen Zustand.

»Felix und Cedric, würdet ihr bitte auch mitmachen?«, rief Herr Carstens. Er sah mit gerunzelter Stirn zum Geräteraum, in dem es sich die beiden Jungs auf dem Mattenwagen bequem gemacht hatten. Felix, ein bulliger Typ mit rundem Gesicht und blonden Stoppelhaaren, lag mit hinter dem Kopf verschränkten Armen auf der obersten Matte und ließ die Beine baumeln. Cedric war einen Kopf größer als sein Kumpel und eher drahtig. Seine dunklen, halblangen Haare fielen ihm in die Stirn und verdeckten seine Augen.

»Geht nicht, ich hab meine Tage«, rief Cedric zurück.

Felix prustete los. Ein paar andere Mitschüler lachten ebenfalls.

Herr Carstens schien die Situation weniger witzig zu finden. »Macht euch jetzt endlich warm, sonst holt ihr euch gleich beim Basketball eine Zerrung.«

Provozierend langsam erhoben sich die Jungs und schlenderten in die Halle. Franzi verdrehte die Augen. Diese Idioten! Immer mussten sie Ärger machen. Sie lief in gemäßigtem Tempo weiter, fand aber nicht mehr in den richtigen Rhythmus hinein. Fünf Minuten später pfiff Herr Carstens sowieso zum Beginn des Trainings und die Schüler versammelten sich in der Mitte der Halle.

»Wir beginnen mit Passübungen in Kleingruppen«, verkündete der Lehrer. »Tut euch zu viert zusammen. Ihr steht einander gegenüber und passt euch den Ball zu. Nach jedem Wurf stellt ihr euch hinter der anderen Gruppe wieder auf. Alles klar?«

Die Schüler wuselten durcheinander. Es dauerte eine Weile, bis sich alle zusammengefunden hatten. Franzi hatte das Pech, ausgerechnet mit Felix und Cedric in einer Gruppe zu landen. Außerdem war noch Anna dabei, eine sehr nette, aber ziemlich ruhige Mitschülerin.

»Los geht's!« Franzi passte den Ball zu Felix.
»Hilfe, ich bin getroffen!« Felix ließ den Ball absichtlich gegen seine Brust prallen und fiel hintenüber. Er wälzte sich auf dem Boden, als hätte er unerträgliche Schmerzen. »Lasst mich hier zurück und bringt euch in Sicherheit«, stöhnte er. »Ihr dürft nicht in die Hände der Angreifer geraten …«
Franzi musste unwillkürlich grinsen. »Du hast wohl zu viele Actionfilme gesehen, was?«
»Man kann gar nicht zu viele Actionfilme sehen«, behauptete Cedric und half seinem Freund auf. Die Jungs klatschten sich ab und begannen, mit dem Ball durch die Halle zu dribbeln.
»Was soll das denn jetzt?« Franzi stemmte die Hände in die Hüften, aber Cedric und Felix ignorierten sie. Unter lautem Gelächter versuchten sie, einander den Ball abzujagen. Franzi merkte, wie sie wütend wurde. Sport gehörte zu den wenigen Fächern, die ihr richtig Spaß machten, und sie hatte keine Lust, sich die Stunde von Felix und Cedric vermiesen zu lassen. »Hört endlich auf mit dem albernen Kinderkram«, schimpfte sie. »Das nervt!«
»Hey, halt den Ball flach«, gab Felix zurück und lachte über sein Wortspiel. »Du hast uns gar nichts zu sagen.«
Franzi warf einen Blick zu Herrn Carstens hinüber, aber der Lehrer zeigte gerade einer Gruppe am anderen Ende der Halle, wie man direkte Druckpässe ausführte, und bekam von dem Streit nichts mit. Oder tat er nur so? Franzi wollte ihn gerade rufen, da griff Anna nach ihrem Arm.
»Lass doch«, sagte sie leise. »Es lohnt nicht, sich über die beiden aufzuregen.«

Franzi zögerte. Schließlich zuckte sie mit den Schultern. Eigentlich hatte Anna recht. »Dann trainieren wir eben zu zweit.« Sie holte rasch noch einen Ball aus dem Geräteraum und stellte sich Anna gegenüber. »Bereit?«
Anna nickte. »Bereit!«
Bald war Franzi so ins Training vertieft, dass sie alles um sich herum vergaß.

Nach dem Sportunterricht stand eine Doppelstunde Mathe auf dem Stundenplan. Ohne große Begeisterung betrat Franzi den Klassenraum, stellte den Rucksack neben ihren Platz und kramte die Mathesachen hervor. Ihre Haare waren noch feucht vom Duschen. Nach der Sportstunde fühlte sie sich erfrischt und ausgeglichen. Leider würde dieser Zustand vermutlich nicht allzu lange anhalten. Mathe gehörte nicht gerade zu ihren Lieblingsfächern.
Viel zu schnell klingelte es und Herr Carstens kam herein.
»Heute gehen wir den Stoff für die Mathearbeit durch«, verkündete er statt einer Begrüßung. »Wie ihr wisst, ist es die letzte Arbeit vor den Sommerferien und somit die letzte Chance, eure Zeugnisnote zu verbessern …«
Ein Stöhnen ging durch die Klasse. Auch Franzi seufzte. Für die Arbeit würde sie noch jede Menge lernen müssen.
Ehe Herr Carstens weitersprechen konnte, öffnete sich die Tür und Felix und Cedric schlenderten herein.
»Hat die Stunde schon angefangen?«, fragte Felix, als ob er das nicht genau wüsste.
»Allerdings«, antwortete Herr Carstens.
»Oh nein, hoffentlich haben wir nichts Wichtiges verpasst.«

Cedric verzog in gespielter Sorge das Gesicht. »Die Zeit zum Duschen war einfach zu knapp …«

»Setzt euch hin und seid still.« Herr Carstens klopfte mit seinem Kugelschreiber auf die Tischplatte. »Ich möchte jetzt weitermachen, wenn's den Herren recht ist.«

»Aber natürlich.« Felix ließ sich auf seinen Stuhl fallen. »Wir können es kaum erwarten. Mathe ist ja sooo spannend!« Seine Stimme triefte vor Ironie.

»Genau.« Cedric nickte eifrig. Er setzte sich neben Felix und lehnte sich zurück. »Jetzt legen Sie schon los. Wir wollen doch nicht noch mehr kostbare Zeit verschwenden, oder?«

Herr Carstens lief rot an. Er schien etwas sagen zu wollen, aber dann löste er den Blick von den Unruhestiftern und wies die Klasse so beherrscht wie möglich an: »Schlagt bitte eure Bücher auf. Seite 83. Wir beginnen mit ein paar Wiederholungsübungen.«

Franzi suchte in ihrem Buch nach der richtigen Seite, als lautes Schnarchen ertönte. Cedric hatte die Arme vor der Brust verschränkt und die Augen geschlossen, sein Kopf war nach vorne gesunken und er tat so, als wäre er eingeschlafen. Ein paar Schüler kicherten.

Herr Carstens versuchte krampfhaft, die Störung zu ignorieren. »Wer möchte an die Tafel kommen und mit der ersten Aufgabe beginnen?« Er ließ den Blick über die Klasse schweifen, aber alle hatten nur Augen für Cedric. Niemand meldete sich. »Denkt an eure mündlichen Noten. Noch habe ich sie nicht festgelegt.«

Cedric stieß einen besonders lauten Schnarcher aus und öffnete die Augen. »Was ist los? Haben Sie etwas gesagt?«

»Allerdings.« Herr Carstens war schon wieder knallrot angelaufen. Er sah aus, als würde er jeden Moment explodieren. »Du solltest lieber zuhören, deine Mathenote steht schließlich auch auf der Kippe.«

»Tatsächlich?« Cedric grinste überheblich. »Das ist mir neu.« Er starrte den Lehrer unverwandt an, bis dieser den Blick abwandte. Herr Carstens wirkte plötzlich sehr müde.

Franzi runzelte die Stirn. Was sollte das? Warum griff der Lehrer nicht endlich durch? An seiner Stelle hätte sie Cedric längst vor die Tür gesetzt oder ihm zumindest eine Strafarbeit aufgebrummt. Er benahm sich einfach unmöglich!

Doch Herr Carstens murmelte nur etwas, das wie »Reiß dich zusammen« klang. Franzi fragte sich, ob er Cedric oder sich selbst meinte.

Während der restlichen Doppelstunde spielten Cedric und Felix unter dem Tisch irgendein Spiel auf ihren Handys, was natürlich streng verboten war. Sie passten zwar nicht auf, störten aber den Unterricht auch nicht mehr, von ein paar etwas zu lauten Lachern abgesehen. Herr Carstens bemühte sich, nicht zu ihnen hinüberzuschauen. Er tat einfach so, als wären sie nicht da.

Franzi versuchte, sich zu konzentrieren, doch ihre Gedanken schweiften immer wieder ab. Von dem nervigen Verhalten ihrer beiden Mitschüler wanderten sie zu Blake und dem Chairskating-Workshop, der am Samstag beginnen sollte. Wie würde der Workshop ablaufen? Was erwartete sie? Und was sollte sie anziehen? Vielleicht das neue Shirt, das sie sich letztens gekauft hatte? Das kräftige Grün passte gut zu ihren roten Haaren. Ob es Blake gefallen würde?

Als es endlich zur Pause klingelte, schlug Franzi erleichtert ihr Buch zu. Cedric und Felix waren so in ihr Handyspiel vertieft, dass sie wie hypnotisiert sitzen blieben, während der Rest der Klasse lachend und schwatzend nach draußen ging. Franzi holte ihr Pausenbrot aus dem Rucksack und stand ebenfalls auf. Als sie am Lehrerpult vorbeikam, konnte sie sich eine Bemerkung nicht verkneifen. »Sie sollten sich nicht alles gefallen lassen, sonst machen die anderen irgendwann auch noch mit.«

Herr Carstens rang sich ein Lächeln ab. »Danke für den Tipp. Nett, dass du dir Sorgen um mich machst. Aber ich weiß wirklich nicht, was du meinst.«

»Nein?« Franzi warf einen Blick zu Cedric und Felix hinüber, die immer noch völlig versunken auf ihre Displays starrten. »Die beiden werden immer dreister.«

Herr Carstens schob mit fahrigen Bewegungen seine Unterlagen zusammen. »Das lass mal meine Sorge sein.« Sein rechtes Augenlid zuckte. »Und jetzt raus mit dir in die Pause. Oder hast du etwa noch nicht genug von linearen Gleichungen?« Er versuchte ein Grinsen, doch es wirkte ziemlich angespannt.

Während Franzi durch den Flur in Richtung Pausenhalle lief, ging ihr das seltsame Verhalten des Lehrers nicht aus dem Kopf. Warum ließ er sich so viel von Cedric und Felix gefallen? Bei anderen Schülern drückte er zwar auch mal ein Auge zu, wenn sie über die Stränge schlugen, aber so weit wie heute hatte er es noch nie kommen lassen.

Als Franzi die Pausenhalle betrat, entdeckte sie Kim in der Schlange vor dem Kakaostand und winkte ihr zu.

»Alles klar?«, fragte Kim.

Franzi nickte. »Ich hab die Doppelstunde Mathe überlebt, das ist die Hauptsache.«

Kim lachte. »Wie wär's mit einer Vanillemilch? Das gibt neue Energie für den restlichen Vormittag.«

»Gute Idee!« Franzi kramte in ihren Hosentaschen. »Mist, ich hab mein Kleingeld im Rucksack gelassen. Bin gleich wieder da.«

Eilig joggte sie durch den leeren Flur zurück zu ihrer Klasse. Aus dem Raum waren Stimmen zu hören und Franzi stoppte kurz vor der Tür. Sie war nur angelehnt. Franzi ging leise näher heran und lugte durch den Spalt. Herr Carstens stand mit angespanntem Gesichtsausdruck hinter dem Lehrerpult und sprach mit Cedric und Felix, die immer noch auf ihren Plätzen lümmelten. Franzi spitzte die Ohren. Hatte er ihren Rat doch beherzigt und hielt den beiden endlich die längst überfällige Standpauke?

»So geht das wirklich nicht weiter«, sagte der Lehrer gerade. Er versuchte streng zu klingen, aber sein Blick wanderte unsicher durch den Raum.

»Und warum nicht?«, fragte Felix einigermaßen gelangweilt.

»Einige Schüler werden schon misstrauisch.« Herr Carstens senkte die Stimme. »Wenn ihr so weitermacht, fliegt die ganze Sache auf.«

Franzi hielt den Atem an, um nichts zu verpassen. Worum ging es hier?

»Das ist nicht unser Problem.« Cedric erhob sich.

»Aber wir haben doch eine Abmachung …« Die Stimme des Lehrers klang jetzt beinahe flehend.

»Stimmt, und Ihren Teil der Abmachung müssen Sie noch erfüllen.« Felix grinste gehässig. Er stieß seinen Kumpel an. »Lass uns abhauen. Wenn wir noch länger hier herumhängen, ist die Pause gleich vorbei.«

»Okay, ich brauche dringend frische Luft.« Cedric wedelte sich mit der Hand vor dem Gesicht herum, als wäre ihm ein unangenehmer Geruch in die Nase gestiegen.

Die beiden Jungs ließen Herrn Carstens einfach stehen und gingen zur Tür. Franzi sah zu, dass sie wegkam. Sie rannte los und schaffte es gerade noch rechtzeitig, in der Mädchentoilette zu verschwinden. Dort wartete sie, bis die Luft rein war, bevor sie in die Pausenhalle zurückkehrte.

»Wo warst du denn so lange?«, fragte Kim etwas vorwurfsvoll. Sie hatte ihren Einkauf bereits erledigt und wartete neben dem Kakaostand.

»Sorry, hat etwas länger gedauert.« Erst jetzt fiel Franzi wieder ein, warum sie noch einmal zurückgegangen war. »Und das Geld hab ich auch vergessen. Mist!«

»Kein Problem.« Kim reichte ihr ein Trinkpäckchen samt Strohhalm. »Ich hab dir trotzdem eine Vanillemilch mitgebracht.«

»Danke.« Franzi spielte nachdenklich mit dem Strohhalm herum.

»Was war denn los?«, erkundigte sich Kim.

»Gute Frage ...« Franzi stach den Strohhalm in das Trinkpäckchen und trank einen großen Schluck Vanillemilch. »Ich denke, genau das sollten wir herausfinden.«

Ein äußerst erfolgreicher Nachmittag

»So lässt sich's leben.« Franzi lehnte sich in dem bequemen Gartenstuhl zurück und blinzelte in die Sonne.
Kim hatte für das Detektivclubtreffen den Tisch auf der Terrasse gedeckt. Gerade kam sie mit einem Tablett aus der Küche, auf dem sich ein großer Glaskrug, eine Schüssel mit Erdbeeren und eine Familienpackung Vanilleeis befanden. »Lust auf Eis?«
»Was für eine Frage!« Marie, die gegenüber von Franzi Platz genommen hatte, grinste. »Darauf gibt es nur eine Antwort: Ja!« Sie fuhr sich durch ihre langen, blonden Haare und schürzte die Lippen. Der rosafarbene Lipgloss passte perfekt zu den Punkten auf ihrem leichten Sommerkleid, Finger- und Zehennägel glänzten im selben Farbton. Marie hatte eine Schwäche für Mode und Styling und einen dementsprechend umfangreichen Vorrat an Schminkutensilien. Auch ihr Kleiderschrank hatte eine beachtliche Größe.
Kim verteilte reichlich Eis und Erdbeeren in drei Schälchen und goss ihren Freundinnen etwas zu trinken ein.
»Was ist das?« Franzi nahm einen Schluck von dem grasgrünen Getränk. Es war eisgekühlt, leicht sämig und roch wie ein Sommernachmittag im Park. »Schmeckt gut.«
»Grüner Smoothie, das neuste Faible meiner Mutter«, erklärte Kim. »Die sollen total gesund sein. Mama hat sich ein Buch mit Rezepten gekauft und probiert sie jetzt nach und nach aus.«

Marie nippte an ihrem Glas. »Schmeckt … interessant. Was ist denn da drin?«
»Äpfel, Bananen, eine halbe Zitrone, eine Handvoll Feldsalat und ein paar Blätter Giersch«, zählte Kim auf.
Marie verschluckte sich und musste husten. »Giersch?« Sie rang nach Luft. »Dieses Unkraut aus dem Garten?«
Kim nickte. »Giersch enthält viel Vitamin C und Eisen. Mama ist total begeistert, weil sie das Zeug direkt aus unserem Garten ernten kann. Wir haben jede Menge davon.«
»Wie praktisch.« Marie schob ihr Glas zur Seite. »Ich glaube, da bleibe ich lieber bei Erdbeeren mit Vanilleeis. Oder ist da auch Unkraut drin?« Sie starrte misstrauisch in ihr Schälchen.
Kim grinste. »Keine Sorge. Das Eis ist völlig unkrautfrei.«
Als sich Franzi gerade die erste Erdbeere in den Mund schob, schoss ein Fußball durch die geöffnete Terrassentür in den Garten. Er flog so dicht an ihrem Kopf vorbei, dass sie den Luftzug spürte. Franzi zuckte zusammen. Zwei Jungs rannten johlend hinter dem Ball her. Ihnen folgte eine schwarzweiße, aufgeregt bellende Fellkugel.
»Ben, Lukas und Pablo!« Franzi entspannte sich wieder. »Ich hatte mich schon gefragt, wo die drei stecken.«
»Ja, es war gerade so schön ruhig.« Marie beobachtete Kims zehnjährige Zwillingsbrüder, die auf dem Rasen mit ihrem geliebten Fußball herumkickten. Pablo, der Hund der Jülichs, jagte begeistert hinter dem Ball her.
Kim seufzte. »Bei uns ist es nie lange ruhig, das wisst ihr doch. Aber die beiden haben gleich Fußballtraining, sie können uns also höchstens noch eine Viertelstunde nerven.«

Jetzt hatten die Zwillinge die Erdbeeren auf dem Tisch entdeckt.

»Erdbeeren, lecker!« Ben ließ den Fußball links liegen und raste zurück auf die Terrasse. Mit seinen schmutzigen Fingern angelte er die dickste Erdbeere aus der Schüssel und stopfte sie sich in den Mund. »Mmmh!« Er verdrehte genießerisch die Augen, während ihm roter Saft aus den Mundwinkeln tropfte.

»Finger weg!«, schimpfte Kim.

»Ich will auch eine.« Lukas tauchte neben seinem Bruder auf. Ehe er ebenfalls eine Erdbeere stibitzen konnte, zog Kim die Schüssel weg.

»Das ist ungerecht!« Lukas warf seiner Schwester einen vorwurfsvollen Blick zu. »Immer schnappst du dir die leckeren Sachen und für uns bleibt nichts übrig.«

»Reg dich nicht auf«, sagte Kim. »Im Kühlschrank stehen noch zwei Schalen Erdbeeren, die gibt's nachher zum Abendessen.«

In diesem Moment begann Pablo zu bellen und lenkte die Zwillinge von der Erdbeer-Schüssel ab. Der Spaniel-Mischling stand schwanzwedelnd in einer Ecke des Gartens und kläffte den Nachbarn an, der direkt hinter dem Zaun in seinem Rosenbeet Unkraut jätete.

»Pablo, komm her«, rief Ben. »Bei Fuß!«

Aber der Hund dachte gar nicht daran. Obwohl Ben und Lukas mit Pablo einen Kurs in der Hundeschule besucht hatten, gehorchte er leider längst nicht immer aufs Wort.

»Holt Pablo lieber zurück«, sagte Kim. »Sonst gibt es wieder Ärger mit Herrn Poschke.«

Der Nachbar der Jülichs war weder ein großer Hunde- noch ein Kinderfreund und hatte sich schon bei verschiedenen Gelegenheiten bitter über die Zwillinge und Pablo beschwert. Ben und Lukas rannten los und stellten sich schützend neben ihren Hund. Ben hielt ihn am Halsband fest, damit er nicht auf die Idee kam, über den Zaun zu springen.

»Sei endlich still, Pablo«, schimpfte Ben. »Was soll denn das?«

Doch zur Überraschung aller richtete sich Herr Poschke lächelnd auf. »Ich glaube, ich weiß, was er will.« Er griff in seine Hosentasche und holte einen Hundekuchen heraus. »Du riechst, was ich hier Leckeres habe, stimmt's?« Er warf den Hundekuchen über den Zaun und Pablo stürzte sich begeistert darauf. »Kluger Hund!«

»D… danke«, stammelte Ben.

Lukas hatte es vor Verblüffung die Sprache verschlagen.

»Keine Ursache.« Herr Poschke beugte sich wieder über seine Rosen.

Frau Jülichs Stimme ertönte aus dem Haus. Die Zwillinge sollten sich fürs Fußballtraining umziehen. Ben und Lukas rannten hinein und Pablo trollte sich in den Vorgarten, nachdem er seinen kleinen Snack vertilgt hatte.

»Was ist denn mit eurem Nachbarn los?«, fragte Franzi. »Der war doch sonst nicht so freundlich.«

Kim zuckte mit den Schultern. »In letzter Zeit versucht er zumindest, nicht mehr gleich loszuschimpfen, wenn die Zwillinge oder Pablo in seine Nähe kommen. Dass er Hundekuchen verteilt, ist allerdings neu.«

»Es geschehen eben noch Zeichen und Wunder«, bemerkte

Marie philosophisch und schob sich einen Löffel Vanilleeis in den Mund.
»Sollen wir mit der Clubsitzung beginnen?«, fragte Kim.
»Wozu?«, nuschelte Marie mit vollem Mund. »Wir haben doch sowieso gerade keinen Fall.«
»Das könnte sich bald ändern«, sagte Franzi.
Marie schluckte ihr Eis hinunter. »Was meinst du damit?«
»In meiner Klasse passieren seltsame Dinge.« Franzi berichtete von den massiven Störungen in Herrn Carstens' Unterricht und dem geheimnisvollen Gespräch, das sie heute in der Pause mitbekommen hatte.
Kim und Marie lauschten interessiert. Kim hatte ein abgegriffenes Heft mit vielen Eselsohren hervorgezogen, das sie als Detektivtagebuch für unterwegs benutzte, und machte sich zwischendurch immer wieder Notizen. Zu ihren Aufgaben gehörte es, alle Einzelheiten eines Falls schriftlich festzuhalten, was sich schon oft als sehr nützlich erwiesen hatte. Sie war so beschäftigt, dass sie sogar vergaß, ihr Eis weiterzulöffeln. Es schmolz in der warmen Nachmittagssonne langsam vor sich hin.
»Irgendwas ist da faul«, schloss Franzi ihren Bericht. »Das spüre ich ganz deutlich.«
Kim nickte. »Herr Carstens will offenbar etwas vertuschen. Aber was?«
»Und von welcher Abmachung hat er gesprochen?«, überlegte Marie laut. »Das klingt alles sehr merkwürdig.«
»Klar ist bisher nur, dass Felix und Cedric Herrn Carstens extrem auf der Nase herumtanzen und seinen Unterricht stören, wo sie nur können«, fasste Franzi die Situation zusammen.

»Das grenzt ja fast schon an Mobbing«, stellte Marie fest.
»Stimmt«, sagte Kim. »Ich hab letztens einen Zeitungsartikel darüber gelesen. Es werden längst nicht nur Schüler gemobbt, sondern auch Lehrer. Und Lehrer, die sich nicht gut durchsetzen können, sind besonders leichte Mobbing-Opfer.«
»Ganz schön gemein.« Marie pustete sich eine Ponysträhne aus der Stirn. »Aber ich wette, hinter der Sache steckt noch mehr. Wir sollten unbedingt herausbekommen, was das für eine Abmachung zwischen Herrn Carstens, Felix und Cedric ist.«
Franzi nickte. »Finde ich auch. Ich würde Herrn Carstens gerne helfen. Eigentlich ist er ein richtig netter Typ. Er sollte sich von zwei Idioten wie Felix und Cedric nicht so fertigmachen lassen.«
»Erst mal brauchen wir mehr Informationen.« Kim wandte sich an Franzi. »Am besten, du beobachtest Herrn Carstens, Felix und Cedric in den nächsten Tagen ganz genau. Vielleicht fällt dir ja etwas Verdächtiges auf.«
»Heißt das, wir haben einen neuen Fall?«, fragte Franzi.
Marie nickte. »Dafür brauchen wir jede Menge Energie.« Sie streckte den Arm quer über den Tisch. Franzi und Kim folgten ihrem Beispiel und alle drei legten die Hände übereinander.
»Eins«, sagte Marie.
»Zwei«, fügte Kim hinzu.
»Drei«, rief Franzi.
Sie hoben gleichzeitig die Hände und vollendeten das Ritual mit einem lauten »Power!!!«.
Pablo sauste kläffend um die Ecke.

»Alles in Ordnung, Pablo, das war nur unser Power-Spruch.« Franzi kraulte den Mischling zwischen den Ohren. Sie liebte Tiere über alles. Ihr Vater war Tierarzt und sie lebte mit ihrer Familie auf einem alten Bauernhof, wo nicht nur ihr Pony Tinka, sondern auch ihr hinkendes Huhn Polly jede Menge Platz hatte. Deshalb war sie den Umgang mit Tieren von klein auf gewohnt und hatte einen besonderen Draht zu Lebewesen aller Art.

»Damit wäre der offizielle Teil der Clubsitzung beendet.« Kim schlug das Detektivtagebuch zu. Sie warf einen bedauernden Blick auf ihr inzwischen gänzlich geschmolzenes Vanilleeis. Dann setzte sie das Schälchen kurzerhand an die Lippen und trank die weiße Pfütze aus. »Wollt ihr noch etwas von dem Smoothie?«

»Danke«, wehrte Marie ab. »Lieber ein paar Erdbeeren.«

Kim verteilte die restlichen Erdbeeren so gerecht wie möglich. »Übrigens hab ich eine tolle Neuigkeit«, verkündete sie geheimnisvoll.

»Was denn?« Marie lehnte sich zurück und schlug die Beine übereinander. »Bist du etwa endlich über deinen Liebeskummer wegen Michi hinweg?«

Kim biss sich auf die Unterlippe. »Nein, das ist es nicht.« Sie rang sich ein Lächeln ab. »Obwohl es schon viel besser geworden ist. Ich muss nicht mehr ständig an Michi denken und darüber bin ich total froh.«

»Klingt gut.« Franzi drückte Kims Arm. Sie wusste, wie sehr ihre Freundin unter der Trennung von ihrem ersten Freund gelitten hatte. Es war ein Schock für Kim gewesen, obwohl das Ende nicht überraschend kam. Seit Michi zum Studieren in eine andere Stadt gezogen war, hatten er und Kim eine Fernbeziehung geführt, was nicht wirklich gut funktioniert hatte. Sie hatten sich zunehmend auseinandergelebt, bis sie kaum noch gemeinsame Gesprächsthemen fanden.

»Tut mir leid, ich wollte dich nicht traurig machen«, entschuldigte sich Marie.

»Hast du auch nicht. Ich brauche eben einfach noch etwas Zeit, um ganz über Michi hinwegzukommen. Aber was ich eigentlich sagen wollte: Ich hab eine Einladung für euch!«

Kim zog zwei kanariengelbe Flyer aus der Hosentasche und reichte sie ihren Freundinnen.

»Eine Einladung? Wozu?« Neugierig überflog Franzi den Text.

EINLADUNG ZUM GRILLFEST

Wo? Im Garten von Familie Jülich
Wann? Am letzten Schultag vor den
Sommerferien ab 19.00 Uhr
Wer? Alle Nachbarn und Freunde

Für Grillwürstchen und Getränke ist gesorgt.
Wer mag, kann gerne einen Salat fürs
Buffet mitbringen.
Kommt zahlreich, wir freuen uns auf euch!

Brigitte und Peter Jülich mit Kim, Ben,
Lukas und Pablo

»Ihr veranstaltet ein Grillfest?«, fragte Marie überrascht. »Das ist ja toll! Ich bin natürlich dabei.«
»Ich auch«, versicherte Franzi. »Das ist der perfekte Start in die Sommerferien.«
»Das Nachbarschaftsgrillen war Papas Idee«, erzählte Kim. »Er hat die ganze Straße eingeladen. Und stellt euch vor: Sogar Herr Poschke hat zugesagt!«
»Wer hätte das gedacht?« Franzi grinste. »Der Mann wird mir noch richtig sympathisch.«
»Apropos sympathisch: Wie war es eigentlich gestern mit Blake im Waldschwimmbad?«, erkundigte sich Marie.
»Nett.« Franzi räusperte sich umständlich.
»Nur nett?«, hakte Marie mit einem unschuldigen Lächeln nach.
Dummerweise konnte Franzi nicht verhindern, dass ihr die Wärme ins Gesicht stieg. Bestimmt hatte sie schon wieder knallrote Wangen. Wie ärgerlich! »Na ja …« Sie zögerte. Dann gab sie sich einen Ruck. »Eigentlich war es mehr als nur nett. Blake ist einfach ein super Typ. Und ich … ich … ich glaube, ich habe mich in ihn verliebt.« Ihre Stimme war immer leiser geworden. Die letzten Worte waren nur noch ein Flüstern.
Kim und Marie hatten sie trotzdem genau verstanden. Sie grinsten einander zu.
»Volltreffer!« Marie klatschte in die Hände. »Ich wusste es! Ich hab's die ganze Zeit gewusst!«
Franzi musste lachen. »Ja, ja, schon klar. Du kennst meine geheimsten Gefühle natürlich viel besser als ich selbst.«
»Manchmal sieht man von außen tatsächlich klarer«, sagte

Kim. »Marie und ich hatten schon länger den Eindruck, dass du mehr für Blake empfindest als reine Freundschaft.«

Franzi seufzte. »Ich weiß. Aber ich wollte es mir nicht eingestehen. Gefühle machen immer alles so kompliziert …«

»Du bist in Blake verliebt!« Marie breitete die Arme aus. »Was ist daran kompliziert?«

»Eine ganze Menge.« Franzis Schultern sackten herab. »Ich bin total verwirrt. Was soll ich denn jetzt machen? Ich kann doch nicht einfach zu Blake hingehen und sagen: ›Übrigens, ich hab mich in dich verliebt‹, oder? Was, wenn er einfach nur mit mir befreundet sein will? Das wäre oberpeinlich!«

»Ich fürchte, das Risiko musst du eingehen«, sagte Kim. »Sonst wirst du nie erfahren, was er für dich fühlt.«

»Ich weiß nicht …« Franzi schüttelte den Kopf. »Am besten, wir bleiben einfach Freunde. Auf nervigen Beziehungsstress wie mit Felipe hab ich echt keine Lust mehr.«

»Blake ist aber nicht Felipe«, stellte Marie klar. »Er ist ein ganz anderer Typ.«

Franzis Exfreund war sehr temperamentvoll und extrem eifersüchtig gewesen, was oft zu Streitereien zwischen den beiden geführt hatte.

»Marie hat recht«, sagte Kim sanft. »Hast du vielleicht Angst, wieder verletzt zu werden? So wie damals, als Felipe mit dir Schluss gemacht hat? Deshalb fällt es dir so schwer, dich auf Blake einzulassen.«

Franzi schluckte. Kim hatte den Nagel auf den Kopf getroffen. »Ich weiß tatsächlich nicht, ob ich schon bereit dafür bin«, murmelte sie.

»Das ist natürlich deine Entscheidung«, sagte Kim. »Aber

Liebe ohne Risiko gibt es nicht. Ich finde, du solltest zu deinen Gefühlen stehen.«

Marie nickte. »Du und Blake, ihr wärt doch ein tolles Paar.«

»Meint ihr wirklich?« Franzi sah unsicher von Kim zu Marie. »Darüber muss ich erst nachdenken.«

»Tu das.« Kim trank einen Schluck Smoothie und wandte sich an Marie. »Wie läuft es denn bei dir und Holger? Du bist die Einzige, die heute noch nichts erzählt hat.«

Maries Gesichtsausdruck verdunkelte sich. »Wahrscheinlich, weil ich das Thema momentan lieber verdrängen würde.«

»Wieso?«, fragte Franzi. »Habt ihr Stress?«

»Noch nicht.« Auf Maries Stirn hatte sich eine steile Falte gebildet. »Aber wenn Holger so weitermacht, dauert es nicht mehr lange.«

»Glaubst du immer noch, er hat Geheimnisse vor dir?«, wollte Kim wissen.

Eigentlich waren Holger und Marie ein glückliches Paar, doch seit einiger Zeit verhielt sich Holger manchmal merkwürdig, was Marie zunehmend verunsicherte.

Marie nickte. »Er verbirgt etwas vor mir, da bin ich mir inzwischen so gut wie sicher. Letzte Woche hat er wieder zwei Verabredungen unter einem Vorwand abgesagt. Montag wollten wir zusammen joggen gehen und Mittwoch in die Stadt zum Shoppen. Angeblich hatte er Kopfschmerzen.«

Franzi zuckte mit den Schultern. »Kann doch sein, oder?«

Marie machte ein grimmiges Gesicht. »Seit ich ihn kenne, hatte Holger noch *nie* Kopfschmerzen. Außerdem ist er oft total zerstreut und am Telefon extrem kurz angebunden. So kenne ich ihn gar nicht.«

»Was könnte dahinterstecken?«, fragte Kim.
Marie zögerte. Sie wirkte gleichzeitig verärgert und besorgt. »Ich fürchte … also, die einzige plausible Erklärung, die mir einfällt, ist … ist … dass er eine andere hat.« Es fiel ihr sichtlich schwer, die Worte auszusprechen, was Franzi gut verstehen konnte. Das war wirklich ein furchtbarer Verdacht!
»Unsinn«, entgegnete Kim spontan. »Das kann ich mir nicht vorstellen. Nicht bei Holger.«
Franzi nickte. »Er liebt dich über alles. Vielleicht ist er einfach nur im Stress mit der Schule oder er hat Ärger zu Hause.«
»Meint ihr?« Ein Hoffnungsschimmer glomm in Maries Augen auf.
»Ganz bestimmt«, versicherte Kim.
Und Franzi fügte hinzu: »Sprich ihn doch einfach direkt darauf an.«
Maries Miene hellte sich auf. »Ihr habt recht. Bestimmt ist alles ganz harmlos und ich mache mir völlig umsonst Sorgen. Ich rede mit Holger, so bald wie möglich.«
Kim trank ihren Smoothie in einem Zug aus und stellte das leere Glas zurück auf den Tisch. »Na also, dann hätten wir das auch geklärt. Das war doch ein äußerst erfolgreicher Nachmittag!«

Verdächtige Noten

Zu Beginn der nächsten Mathestunde achtete Franzi genau darauf, wie Herr Carstens sich verhielt. Wirkte er verunsichert? Ängstlich? Oder irgendwie anders als sonst?

Aber zunächst lief alles ganz normal. Der Lehrer kam herein, stellte seine Tasche neben dem Lehrerpult ab und klatschte dreimal in die Hände. Leise murrend gingen die Schüler auf ihre Plätze. Cedric und Felix saßen bereits. Sie steckten die Köpfe über Cedrics Handy zusammen, tuschelten leise und lachten. Doch das war nichts Besonderes. Wahrscheinlich hatte ihnen irgendjemand ein witziges Video geschickt, das jetzt in der Klasse die Runde machte. So etwas kam ständig vor.

»Heute besprechen wir die mündlichen Noten«, verkündete Herr Carstens. Sofort verstummten die Gespräche und ein leises Stöhnen ging durch die 7f. Die Stimmung war augenblicklich angespannt. Die Zeugnisse standen vor der Tür und einige Schüler standen in Mathe auf der Kippe.

»Muss das sein?«, murmelte Murat, der eine Reihe vor Franzi saß.

Auch Franzi verzog das Gesicht. Sie hatte in den letzten Wochen versucht, sich während des Unterrichts regelmäßig zu melden, aber ihre Antworten waren leider oft falsch gewesen. Sie war nun mal keine große Leuchte in Mathe.

Herr Carstens schlug sein kleines, schwarzes Notizbuch auf und begann in die Stille hinein, die Noten vorzulesen. Ab und zu machte er einen erklärenden Kommentar dazu. Franzi wartete nervös, bis sie an der Reihe war.

»Franziska Winkler – Drei.«
Franzi atmete auf. Das war besser, als sie gedacht hatte!
»Deine Antworten sind zwar nicht immer richtig, aber du bemühst dich sichtlich um eine gute Beteiligung.« Herr Carstens nickte ihr aufmunternd zu. »Mach weiter so, du bist auf dem richtigen Weg.«
Franzi lächelte zufrieden. Wenn sie die letzte Klassenarbeit des Schuljahres jetzt auch noch halbwegs hinbekam, standen die Chancen nicht schlecht, auf dem Zeugnis statt der üblichen Vier eine Drei zu bekommen. Das wäre eine absolute Premiere. Ihre Eltern würden Augen machen! Aber noch war es leider nicht so weit. Vorher würde sie ohne Ende büffeln müssen. Der Gedanke trug nicht gerade dazu bei, Franzis Laune zu verbessern, und fast hätte sie darüber die nächsten Noten verpasst.
»Felix und Cedric, ihr bekommt ebenfalls eine mündliche Drei«, verkündete Herr Carstens gerade.
Franzi sog scharf die Luft ein. Auch bei ihren Mitschülern regte sich Unmut.
»Warum kriegen die eine Drei und ich eine Vier?«, rief Murat ärgerlich. »Das kapier ich nicht!«
Ein paar Mitschüler nickten. Murat spielte sich sonst zwar gerne grundlos auf, aber heute musste Franzi ihm ausnahmsweise recht geben. Felix und Cedric hatten sich in letzter Zeit kaum am Unterricht beteiligt, von ihren frechen Kommentaren einmal abgesehen. Im Vergleich zu den beiden hatte Franzi sich für ihre Drei wesentlich mehr angestrengt, genau wie einige andere aus der Klasse.
»Das ist wirklich nicht gerecht«, sagte Franzi laut.

»Schiebung!«, rief jemand.
»Betrug!«
»Das geht doch nicht!«
Allgemeine Unruhe machte sich breit. Cedric und Felix saßen grinsend auf ihren Plätzen und taten so, als würde sie das alles nichts angehen.
Herr Carstens räusperte sich. »Jetzt seid doch mal still«, rief er über das unzufriedene Gemurmel hinweg. »Die Noten gebe immer noch ich. Und ihr könnt mir glauben, dass ich bei jedem Schüler und jeder Schülerin sämtliche Faktoren sorgfältig abwäge, bevor ich eine Entscheidung treffe.«
»Trotzdem verstehe ich nicht, warum Felix und Cedric im Vergleich zu uns anderen so gut abschneiden«, sagte Franzi ruhig. Sie ließ Herrn Carstens nicht aus den Augen. Flackerte Unsicherheit in seinem Blick auf? Er knetete mit fahrigen Bewegungen das Notizbuch zwischen seinen Händen und räusperte sich erneut.
»Die beiden haben … äh … einen Aufsatz über … über die binomischen Formeln geschrieben«, erklärte der Lehrer schließlich. Franzi entging nicht, dass er mehrmals stockte. Außerdem sah er ihr nicht in die Augen, sondern sein Blick wanderte knapp über die Köpfe der Schüler hinweg. »Das hat sich als besondere Extraleistung positiv auf ihre mündlichen Noten ausgewirkt.«
»Genau«, rief Cedric. »Die binomischen Formeln sind mein absolutes Spezialgebiet. Ich *liebe* die binomischen Formeln!«
Franzi runzelte die Stirn. Sie konnte sich nur schwer vorstellen, dass die beiden Faulpelze freiwillig eine Sonderaufgabe übernommen hatten, um ihre Note zu verbessern. Normaler-

weise drückten sie sich um die Arbeit, wo es nur ging, und machten lediglich das Allernötigste. Darum standen sie nicht nur in Mathe auf der Kippe, sondern auch in einigen anderen Fächern. Bisher hatten sie eine Ehrenrunde aber immer mit viel Glück abwenden können.

Herr Carstens las die restlichen Noten vor, doch Franzi hörte nicht mehr zu. Hier stimmte etwas nicht! Dieser angebliche Aufsatz über die binomischen Formeln war garantiert eine faustdicke Lüge! Aber warum log Herr Carstens? Franzi musste sich in diesem Punkt auf ihr Gefühl verlassen, handfeste Beweise gab es nicht. Noch nicht. Deshalb beschloss sie, den Mund zu halten, als Herr Carstens etwas später sein Notizbuch zuklappte und fragte: »Alles klar so weit?«

Nichts war klar, doch es war sinnlos, den Lehrer aufgrund eines Bauchgefühls der Lüge zu bezichtigen. Damit würde Franzi sich nur eine Menge Ärger einhandeln. Ihr blieb also nichts anderes übrig, als abzuwarten. Früher oder später würden die drei !!! herausfinden, was hier gespielt wurde.

Als es zum Ende der Stunde klingelte, waren die mündlichen Noten immer noch Gesprächsthema Nummer eins. Franzi konnte es kaum erwarten, Kim in der Pause Bericht zu erstatten. Was sie wohl zu der merkwürdigen Notengebung sagen würde?

Beim Rausgehen stieß Franzi mit Melina zusammen. Ihre Mitschülerin hatte Tränen in den Augen.

»Alles in Ordnung?«, fragte Franzi.

Melina fuhr sich rasch mit der Hand über das Gesicht. »Klar.« Sie lächelte angestrengt.

»Sicher?«, hakte Franzi nach.
»Na ja … ehrlich gesagt, nein.«
»Ist es wegen der Mathenoten?«
Melina nickte. »Ich hab eine mündliche Fünf bekommen.«
»Mist! Hast du dich wirklich so selten gemeldet?«
»Du kennst mich ja … Ich melde mich so gut wie nie freiwillig. Keine Ahnung, warum. Ich nehme es mir immer wieder vor, aber irgendwie traue ich mich dann doch nicht.«
Melina war eins der schüchternsten Mädchen der 7f. Sie war sogar noch zurückhaltender als Anna. Sobald sie vor der Klasse sprechen sollte, wurde sie knallrot und begann zu stottern. Darum versuchte sie auch immer, sich vor Referaten zu drücken, und bekam in den meisten Fächern schlechte mündliche Noten.
»Wir schreiben ja noch die Arbeit«, sagte Franzi. »Wenn du gut abschneidest, kannst du die mündliche Fünf vielleicht ausgleichen.«
»Schön wär's.« Melina verzog das Gesicht. »Ich setze die Arbeit bestimmt in den Sand. Ich kapier Mathe einfach nicht!«
»Geht mir ähnlich. Hast du es mal mit Nachhilfe versucht?«
Melina nickte. »Meine Eltern zahlen ein Heidengeld für meinen Nachhilfelehrer. Die rasten aus, wenn ich in Mathe schon wieder eine Fünf auf dem Zeugnis kriege. Außerdem sieht es in Physik auch nicht gut aus. Mit zwei Fünfen bleibe ich sitzen!« Ihre Augen glänzten schon wieder verdächtig.
»So weit ist es ja noch nicht«, sagte Franzi tröstend.
Felix und Cedric schlenderten an den Mädchen vorbei in Richtung Pausenhalle. Sie lachten und wirkten ausgesprochen gut gelaunt.

Melina versuchte tapfer, die Tränen hinunterzuschlucken. »Auf jeden Fall finde ich es total ungerecht, dass einigen Schülern die guten Noten nur so hinterhergeschmissen werden«, sagte sie mit Blick auf die Jungs.
»Das geht allerdings nicht mit rechten Dingen zu.« Franzi zog nachdenklich die Haargummis fester, die ihre roten Zöpfe zusammenhielten. »Ich wüsste zu gern, was die beiden für einen Deal mit Herrn Carstens haben …«, murmelte sie gedankenverloren.
»Einen Deal? Wie meinst du das?« Melina sah Franzi aufmerksam an.
»Vergiss es, nicht so wichtig«, antwortete Franzi schnell. Fast hätte sie sich verplappert. Es war ein heiliger Grundsatz des Detektivclubs, die Ermittlungen streng geheim zu halten. Außenstehende durften nur in absoluten Notfällen eingeweiht werden. »Sorry, ich muss jetzt los. Lass dich nicht unterkriegen, okay? Du schaffst das schon!«
Sie lächelte Melina aufmunternd zu und machte sich auf den Weg in die Pausenhalle. Mit ihren Gedanken war Franzi schon wieder beim Detektivclub. Sie musste dringend eine Clubsitzung einberufen, um die neusten Ereignisse mit Kim und Marie zu besprechen und eine Strategie für das weitere Vorgehen festzulegen.

Detektivtagebuch von Kim Jülich
Freitag, 19:22 Uhr
Heute Nachmittag haben wir uns bei Franzi im Hauptquartier getroffen. Der alte Pferdeschuppen ist wirklich ein Segen. Dort sind wir ungestört und können auch geheime Dinge besprechen,

ohne dass ständig jemand dazwischenfunkt (so wie bei uns zu Hause die Zwillinge – Ben und Lukas rauben mir manchmal wirklich den letzten Nerv …).
Das Wichtigste zuerst: Wir haben einen neuen Fall! Es geht um merkwürdige Vorkommnisse in Franzis Klasse. Ein Lehrer wird massiv von zwei Schülern geärgert und lässt ihnen alles durchgehen. Trotzdem gibt er ihnen auffällig gute Noten, die laut Franzi (und dem Rest der Klasse) nicht nachvollziehbar sind. Was steckt dahinter?
Wir haben vorhin zwei Theorien entwickelt:

1. *Herr Carstens kann sich schlicht und einfach nicht durchsetzen und lässt sich deshalb von Felix und Cedric auf der Nase herumtanzen.*
2. *Herr Carstens versucht, Felix und Cedric mit guten Noten zu bestechen, damit sie ihn endlich in Ruhe lassen und aufhören, seinen Unterricht zu stören.*

Die zweite Theorie erscheint uns am wahrscheinlichsten. Wir haben beschlossen, Felix und Cedric zu beschatten, um mehr herauszufinden. Montag nach der Schule geht es los!

Geheimes Tagebuch von Kim Jülich
Freitag, 19:37 Uhr
Achtung: Lesen für Unbefugte (alle außer Kim Jülich) streng verboten! Wer sich nicht daran hält, wird bei unserem Gartenfest auf dem Grill geröstet. Ach, du armes Würstchen!
Ich bin wirklich froh, dass mein Liebeskummer allmählich nachlässt. Die Trennung von Michi hat mich ganz schön runtergezogen und es war unglaublich schwer, den normalen Alltag durchzustehen. Am liebsten hätte ich mich einfach in meinem

Bett verkrochen und wäre nie wieder aufgestanden. Aber das geht natürlich nicht. Mama würde niemals zulassen, dass ich die Schule schwänze. Inzwischen muss ich zumindest nicht mehr jeden Tag an Michi denken, kann wieder lachen und mich auf die Zukunft freuen.

Zum Beispiel auf unser Gartenfest am letzten Schultag! Das wird bestimmt super. Mama und Papa planen schon das Buffet. Sie wollen Kuchen beim Backservice von Franzis Mutter bestellen. Frau Winkler ist eindeutig die beste Bäckerin der Stadt! Wenn ich nur an ihren leckeren Kirschkuchen denke … oder an die Schokoladentorte … oder an die Blaubeer-Bananen-Muffins … mmh, da läuft mir sofort das Wasser im Mund zusammen. Außerdem soll es Würstchen, Steaks, verschiedene Salate und Fruchtcocktails geben – lecker, lecker!

Bei Franzi und Marie ist die Gefühlslage zurzeit leider nicht so einfach. Marie ist schon wieder von Holger versetzt worden. Vorhin während des Clubtreffens hat sie eine SMS von ihm bekommen. Er hat ihre Verabredung fürs Kino heute Abend kurzfristig abgesagt, angeblich ist er zu müde. So langsam muss ich Marie recht geben: Da stimmt was nicht! Marie war jedenfalls stinksauer und will Holger bei der nächsten Gelegenheit zur Rede stellen. Ich hoffe, sein seltsames Verhalten hat einen harmlosen Grund. Alles andere würde Marie glatt das Herz brechen …

Franzi geht morgen mit Blake zu einem Chairskating-Workshop. Skaten im Rollstuhl, das klingt ziemlich abgefahren, finde ich. Aber Franzi ist Feuer und Flamme. Sie kann es kaum erwarten, Blake wiederzusehen, und war heute Nachmittag schon total nervös. Echt süß! Es freut mich so für sie, dass sie sich end-

lich wieder verliebt hat. Allerdings ist sie unsicher, ob sie Blake ihre Gefühle gestehen soll. Sie fürchtet, es könnte noch zu früh dafür sein, und will es von der Situation abhängig machen. Ich drücke ihr ganz fest die Daumen, dass sie und Blake bald ein glückliches Paar werden!

Herzklopfen in der Halfpipe

Franzi radelte über die mit Kies bestreuten Wege des Schillerparks und wich geschickt Kinderwagen schiebenden Eltern, Senioren in beigefarbenem Freizeitlook und Hundebesitzern aus, die mit ihren Vierbeinern Gassi gingen. Es war Samstagnachmittag und herrliches Wetter, weshalb jede Menge Spaziergänger unterwegs waren.

Je näher Franzi dem Skatepark kam, desto heftiger klopfte ihr Herz. Gleich würde sie Blake wiedersehen! Seit ihrem Treffen im Waldschwimmbad war fast eine Woche vergangen, in der sie lediglich einige SMS ausgetauscht hatten. Blake hatte immer noch viel für die Schule zu tun und Franzi war voll und ganz mit dem neuen Fall und der Vorbereitung auf die Mathearbeit beschäftigt gewesen.

Beim Skatepark sprang Franzi vom Rad, lehnte es gegen einen Baum und schloss ab. Ihre Finger zitterten leicht. Sie richtete sich auf und atmete dreimal tief durch. Ganz ruhig! Es war doch nur Blake, mit dem sie sich traf. Der gute, alte Blake, mit dem sie schon so viel Zeit verbracht hatte. Kein Grund zur Aufregung. Oder?! Die Schmetterlinge in ihrem Bauch waren anderer Meinung und flatterten heftig. Franzi musste sich eingestehen, dass es einen großen Unterschied zwischen dieser und all ihren bisherigen Verabredungen gab: Jetzt wusste sie, dass sie in Blake verliebt war!

»Entspann dich, du schaffst das schon«, murmelte sie, um sich selbst Mut zu machen. Sie richtete ihre vom Fahrtwind zerzausten Zöpfe und zupfte an ihrem Shirt. Franzi hatte, entgegen ihren sonstigen Gewohnheiten, ewig für ihr Styling gebraucht. Nun lag der gesamte Inhalt ihres Kleiderschranks zu Hause wild verstreut auf dem Boden ihres Zimmers. Ihre Mutter würde der Schlag treffen, wenn sie das sah. Nach langem Hin und Her hatte sich Franzi schließlich für ihr neues, flaschengrünes Skater-Shirt entschieden, das ziemlich eng anlag und ihre schmale Taille betonte. Dazu trug sie lässig geschnittene Bermuda-Shorts.

Franzi griff nach dem Rucksack mit den Inlinern und betrat den Skatepark. Auch hier war bei dem strahlenden Sonnenschein viel los. Skateboarder, Inline-Skater, BMX-Fahrer und Mountainbiker drehten ihre Runden und düsten in zum Teil halsbrecherischem Tempo die Rampen hinunter. Franzi hielt unauffällig Ausschau nach Blake. Ob er schon da war?

»Hallo, Franzi!«

Franzi zuckte zusammen. Blake saß etwas weiter vorne in seinem Rollstuhl und winkte ihr gut gelaunt zu. Er trug sein knallrotes Lieblings-T-Shirt und sein Lächeln verwandelte Franzis Knie augenblicklich in zu weich gekochte Spaghetti. Sie stolperte fast über ihre eigenen Füße, als sie mit geschultertem Rucksack auf ihn zuging.

Reiß dich zusammen, Franzi!

Aber das war leichter gedacht als getan. Ein Blick in Blakes Augen reichte, um Franzi völlig aus dem Konzept zu bringen. Ihre Kehle war staubtrocken und sie bekam kein Wort heraus.

»Schön, dich zu sehen.« Blake begrüßte Franzi mit einer festen Umarmung. Täuschte sie sich oder drückte er sie einen Moment länger als nötig? Sein vertrauter Geruch nach Limonenshampoo und Pfefferminz-Kaugummi stieg ihr in die Nase und die Schmetterlinge in ihrem Bauch flatterten wie verrückt.

»Hallo.« Franzi räusperte sich. Hoffentlich klang ihre Stimme halbwegs normal.

»Cooles Shirt«, bemerkte Blake.

»Danke.« Jetzt bloß nicht rot werden! Natürlich stieg ihr trotzdem die Röte ins Gesicht. Peinlich!

»Alles in Ordnung?« Blake musterte Franzi forschend. »Du bist heute so still.«

Franzi rang sich ein Lächeln ab. »Echt? Quatsch, das bildest du dir nur ein. Mir geht's prima. Ich freue mich schon auf den Workshop. Ist das Wetter nicht spitze? Was glaubst du, wie viele Leute mitmachen? Schau mal, dahinten, die gehören bestimmt auch dazu.« Franzi deutete auf einen etwa zehnjährigen Jungen im Rollstuhl, der von seinen Eltern begleitet wurde. Sie hätte sich am liebsten die Zunge abgebissen. Erst bekam sie kein Wort heraus, dann quasselte sie plötzlich wie ein Wasserfall. Wahrscheinlich hielt Blake sie jetzt für total überdreht.

Aber wenn dem so war, ließ er sich zumindest nichts anmerken. »Soviel ich weiß, ist der Workshop ausgebucht«, berichtete er. »Kein Wunder, Lars Lebowski ist in der Chairskating-Szene schließlich eine echte Berühmtheit.«

»Ist das der Typ, der den Workshop leitet?«

Blake nickte. »Ich hab im Internet einen Artikel über ihn gelesen. Er ist Mitte zwanzig und seit einem Autounfall vor sechs Jahren querschnittsgelähmt. Seit einigen Jahren betreibt er professionell Chairskating. Er gibt regelmäßig

Workshops in ganz Deutschland und hat vor Kurzem sogar an der Chairskate-Weltmeisterschaft in Kalifornien teilgenommen. Das muss ein ganz besonderes Erlebnis sein! Da würde ich auch gerne mal hin …« Blakes Stimme bekam einen sehnsüchtigen Unterton.

»Klingt beeindruckend«, sagte Franzi.

»Du könntest doch mitkommen!«

»Nach Kalifornien?« Franzi zog die Augenbrauen hoch.

»Klar!« Blake breitete die Arme aus. »Wir beide unter der Sonne Kaliforniens, an den endlosen Stränden von Los Angeles und bei der Chairskate-Weltmeisterschaft. Wäre das nicht super?«

Franzi musste lachen. »Allerdings. Und du würdest mich wirklich mitnehmen?«

»Nichts lieber als das.« Blakes meerwasserblaue Augen sahen sie so eindringlich an, dass Franzi ein bisschen schwindelig wurde. Sie knabberte an ihrer Unterlippe, ohne es wirklich zu merken. Vielleicht war heute ja doch der richtige Tag, um einen Schritt weiter zu gehen und die Freundschaft mit Blake in etwas anderes, völlig Neues zu verwandeln. Plötzlich fügte sich alles zusammen und Franzi hatte das sichere Gefühl, dass der Moment gekommen war. Nicht jetzt sofort, aber nach dem Workshop. Sie holte tief Luft, um Blake zu fragen, ob sie später noch etwas zusammen trinken wollten, doch Blake kam ihr zuvor.

»Ich glaube, es geht los.« Er nickte zur gegenüberliegenden Seite des Skateparks hinüber, wo sich inzwischen mehrere Teilnehmer versammelt hatten. »Sollen wir?«

»Klar.« Franzi schluckte die Worte hinunter, die ihr bereits auf der Zunge gelegen hatten. Egal, sie konnte Blake auch nachher noch fragen. Jetzt stand erst mal der Workshop an. Sie griff den Riemen ihres Rucksacks fester und folgte Blake rund um die große Bowl, eine Senke mit Bodenwellen, Rampen, Hügeln und bauchigen Wänden, durch die gerade ein Skateboarder sauste.

»Hallo, ich bin Lars«, begrüßte sie ein junger Typ mit schwarzem Cap, unter dem dunkle Haarsträhnen hervorschauten. Er trug einen blauen, verwaschenen Kapuzenpullover, weit geschnittene Jeans und Turnschuhe. »Ich leite den Chairskating-Workshop.«

»Ich bin Blake und das ist Franzi.« Blake nickte in die Runde und Franzi lächelte etwas verkrampft. Erst jetzt wurde ihr klar, dass sie gar nicht so genau wusste, was sie hier erwartete. Außer Lars, Blake und ihr selbst waren noch fünf Rollstuhlfahrer gekommen. Der Junge, den sie vorhin schon gesehen hatten, trug eine kugelrunde Harry-Potter-Brille, rutschte unruhig in seinem Rolli hin und her und hing förmlich an Lars' Lippen. Er schien es kaum erwarten zu können, endlich loszulegen. Rechts und links wurde er von seinen Eltern flankiert, die nicht ganz so begeisterte Gesichter machten.

Außerdem war noch eine junge Frau dabei, die ausgesprochen ängstlich aussah. Hinter ihrem Rollstuhl stand ein Mann, offensichtlich ihr Freund, und drückte beruhigend ihre Schulter.

Ein etwa zwanzigjähriges Pärchen, beide im Rollstuhl, hielt Händchen und tauschte etwa alle zehn Sekunden einen Kuss aus. Neben ihnen saß ein Mädchen mit langen dunklen Haaren und Unterlippenpiercing in einem coolen schwarzen

Sport-Rolli. Sie warf den beiden Turteltauben belustigte Blicke zu.

»Ich glaube, wir sind komplett.« Lars überflog die Liste auf seinem Schoß. »Prima, dann kann's ja losgehen.« Er lächelte den Teilnehmern zu. »Schön, dass ihr alle da seid. Bevor wir in die Praxis einsteigen, möchte ich ein paar Worte zum Chairskating sagen.« Dem Jungen mit der Harry-Potter-Brille entfuhr ein leises Stöhnen und Lars grinste. »Keine Sorge, ich fasse mich kurz. Beim Chairskating geht es nicht nur darum, Spaß zu haben und coole Sprünge zu üben. Durch den Sport lernt man außerdem, wie man sicher mit seinem Rolli umgeht.«

»Was heißt das genau?«, fragte die Mutter des Jungen interessiert.

»Man kann schwierige Situationen besser meistern und braucht keine Angst mehr zu haben, wenn man vor einer Rampe oder einer Treppe steht«, erklärte Lars. »Das steigert nicht nur das Selbstvertrauen, sondern auch die Selbstständigkeit und verschafft einem eine ganz neue Freiheit. Jetzt machen wir eine kurze Vorstellungsrunde und dann geht's los.«

Franzi versuchte, sich die Namen der anderen Teilnehmer einzuprägen. Der Junge hieß Benjamin, die ängstlich wirkende Frau Mareike und die beiden Turteltauben stellten sich als Samuel und Mira vor. Das Mädchen mit dem Lippenpiercing hieß Charlotte.

»Aber ihr könnt mich Charlie nennen«, fügte sie lässig hinzu. »Brauchen wir eigentlich Schutzausrüstung?«

Lars nickte. »Unbedingt! Helme und Schoner sind Pflicht,

damit ihr euch bei Stürzen nicht verletzt. Es bringt niemandem etwas, wenn ihr wochenlang pausieren müsst. Außerdem fühlt ihr euch mit Schonern sicherer und traut euch mehr zu. Auf diese Weise macht ihr viel schneller Fortschritte beim Training. Für diejenigen, die keine eigene Ausrüstung dabeihaben, habe ich etwas mitgebracht.« Er deutete auf eine große Tasche neben seinem Rollstuhl.

Franzi zog ihre Inliner aus dem Rucksack und setzte sich auf eine Bank, um ihre Turnschuhe auszuziehen. Sie hatte natürlich ihre eigene Schutzausrüstung mitgebracht. Da sie regelmäßig im Skatepark unterwegs war, war das Anlegen der Ellenbogen-, Knie- und Handgelenkschoner für sie reine Routine. Anschließend setzte sie noch ihren Helm auf – fertig! Auch die anderen Teilnehmer waren inzwischen so weit.

»Ich zeige euch erst mal ein paar leichtere Tricks«, sagte Lars. »Ihr macht mir einfach alles nach. Wir beginnen mit den sanften Steigungen, später kommen die steileren Rampen dran, okay?«

Die Kursteilnehmer nickten.

Lars brachte seinen Rollstuhl mit ein paar kräftigen Armschwüngen in Bewegung und fuhr in die Bowl. Er steuerte auf eine flache Rampe zu, skatete mit Schwung hinauf, wendete und rollte wieder hinunter. »Jetzt seid ihr an der Reihe. Freiwillige vor!«

»Darf ich anfangen?«, fragte Benjamin eifrig.

»Klar.« Lars nickte dem Jungen aufmunternd zu.

Franzi sah zu Benjamins Eltern hinüber, die am Rand standen und zuschauten. Benjamins Mutter warf ihrem Sohn besorgte Blicke zu und hätte ihm bestimmt am liebsten eine Ermahnung zugerufen. Aber ihr Mann legte beruhigend den Arm um ihre Schulter und sie hielt sich zurück.

Benjamin selbst schien überhaupt keine Angst zu haben. Er sauste die Rampe hinauf, wendete elegant und rollte abwärts.

»Hey, das macht Spaß«, rief er begeistert, als er neben den anderen Teilnehmern bremste. »Ich will gleich noch mal!«

»Gut gemacht«, lobte Lars. »Aber jetzt sind erst mal die anderen dran. Mareike, wie wär's mit dir?«

Die junge Frau schluckte schwer. Sie war blass und wirkte noch ängstlicher als Benjamins Mutter. »Ich weiß nicht … Ich sitze noch nicht so lange im Rollstuhl. Vielleicht sollte ich lieber erst mal zuschauen …«

Lars schüttelte energisch den Kopf. »Am besten, du probierst es sofort, sonst wird deine Angst immer größer.«

»Du schaffst das schon, Schatz«, rief Mareikes Freund vom Rand aus.

»Also gut.« Mareike atmete tief durch und setzte ihren Rollstuhl in Bewegung. Beim ersten Mal hatte sie nicht genug Schwung und rollte die Rampe rückwärts wieder herunter, doch beim zweiten Versuch klappte es.

»Na also, wer sagt's denn?« Lars reckte den Daumen in die Höhe.

»Geschafft!« Mareike strahlte. Die Erleichterung über die gelungene Aktion war ihr deutlich anzusehen.

Auch die anderen Teilnehmer machten ihre Sache gut. Der Workshop ging weiter und Lars führte verschiedene Tricks vor, die die Teilnehmer immer mehr forderten. Blake war mit Feuereifer dabei, genau wie Charlie, die keine Angst zu kennen schien. Die beiden lieferten sich einen regelrechten Wettkampf darum, wer sich am meisten traute. Die Stimmung war ausgelassen und fröhlich. Alle hatten Spaß und wurden mit der Zeit immer mutiger.

Franzi skatete auf ihren Inlinern durch die Bowl, bis Lars fragte: »Willst du es auch mal im Rolli probieren?«

»Klar«, antwortete Franzi spontan.

»Du kannst meinen nehmen«, bot Blake an, fuhr an den Rand und bremste neben einer Bank. Er schwang sich aus seinem Rollstuhl und machte eine einladende Handbewegung. »Bitte schön! *Roller Blake* gehört dir!«

Franzi nahm Platz und sicherte sich wie die anderen Teilnehmer mit einem um die Oberschenkel geschlungenen Gurt, um nicht aus dem Rollstuhl zu fallen. *Roller Blake*, wie Blake seinen Sportrollstuhl manchmal scherzhaft nannte, war eine Sonderanfertigung mit schwarzem Gestänge und leuchtend roten Rädern. Er war extrem wendig und schnell, weil er vorne mit Skaterrollen ausgestattet war. Franzi hatte ihn schon einmal kurz ausprobiert, an dem Tag, als sie Blake zum ersten Mal im Waldschwimmbad begegnet war.

Trotzdem fühlte sie sich sehr unsicher, als sie unter den Blicken der anderen Kursteilnehmer in die Bowl rollte. Wie ein Amateur unter lauter Profis. Sie nahm die Rampe ins Visier, die ihr plötzlich viel steiler erschien als sonst. Wie sollte sie da nur hochkommen?

»Roll noch ein Stück zurück, damit du genug Schwung hast«, riet Lars.

Franzi nickte und folgte seinem Rat. Mit trockenem Mund brachte sie den Rollstuhl zum Stehen. Auf einmal konnte sie

Mareikes Ängste gut nachvollziehen. Aber wenn die anderen es geschafft hatten, würde sie es auch schaffen. Kneifen kam nicht infrage.

Franzi fuhr los. Mit kräftigen Armbewegungen brachte sie den Rollstuhl in Fahrt, was ganz schön anstrengend war. Ihre Armmuskeln brannten, aber sie gelangte tatsächlich bis ganz nach oben, wendete etwas wackelig und ließ sich wieder hinunterrollen. Der Fahrtwind kühlte ihr heißes Gesicht und ihr wild klopfender Herzschlag beruhigte sich allmählich wieder. Die anderen Kursteilnehmer klatschten.

»Danke!« Franzi strahlte in die Runde.

»Macht Spaß, oder?«, rief ihr Blake von der Bank aus zu.

Franzi nickte. »Und wie!«

Die restlichen Übungen absolvierten Blake und Franzi abwechselnd, sodass *Roller Blake* im Dauereinsatz war. Viel zu schnell war das Training zu Ende.

»Ihr wart alle super!«, lobte Lars. »Wir sehen uns nächsten Mittwoch zum zweiten Teil des Workshops wieder.«

Die Teilnehmer rollten an den Rand und legten Helme und Schutzkleidung ab. Es herrschte eine gleichzeitig zufriedene und aufgekratzte Stimmung. Alle hatten sich ab und zu überwinden müssen und dabei eine Menge gelernt.

»Das war sooo cool«, schwärmte Benjamin, der von seiner Mutter so fest gedrückt wurde, als hätte er eine Nordpol-Expedition überstanden. »Habt ihr gesehen, wie ich die Rampe hochgefahren bin? Und den Turn in der Bowl? Das war der reine Wahnsinn!«

Samuel und Mira küssten sich schon wieder und fuhren Händchen haltend davon. Franzi warf einen Blick zu Blake

hinüber, der gerade den Gurt von seinen Oberschenkeln löste. Sie nahm den Helm ab und stopfte Schoner und Inliner in ihren Rucksack. Es war kurz nach fünf. Sie hatten noch genug Zeit, irgendwo etwas zu trinken und sich in aller Ruhe zu unterhalten. Sollte sie Blake fragen? Jetzt oder nie! Plötzlich war Franzi so nervös wie vorhin, als sie mit dem Rollstuhl vor der Rampe gestanden hatte. Mindestens!
Du schaffst das, Franzi! Du bist schließlich kein Feigling.
Franzi schulterte ihren Rucksack und ging zu Blake hinüber.
»Cooler Workshop, oder?« Blakes Augen glänzten. »Wie hat es dir gefallen?«
»Super!« Franzi fuhr sich rasch durch ihre vom Helm zerdrückten Haare. »Sag mal … hast du Lust, noch was trinken zu gehen? Ich lade dich auf einen *LICK* ins *Café Lomo* ein.«
»LICK?«, fragte Blake.
»*Lomo Iced Choc Kick*«, erklärte Franzi. »Kalte Schokolade mit Vanilleeis und weißen Schoko-Raspeln. Schmeckt total erfrischend.«
»Klingt toll.« Blake lächelte. »Ich bin dabei.«
Franzi lächelte zurück. Sie konnte es kaum erwarten, endlich mit ihm allein zu sein … Da ertönte eine helle Stimme hinter ihr.
»Hey, war der Workshop nicht klasse?« Charlie rollte auf Franzi und Blake zu. Sie hatte ihren Helm abgelegt und schüttelte ihre langen dunklen Haare.
»Finde ich auch«, antwortete Blake. »Du warst übrigens echt gut. Machst du schon länger Chairskating?«
»Gar nicht.« Charlie lachte. »Ich bin blutige Anfängerin. Du warst aber auch nicht schlecht.«

»Danke.« Blake grinste. »*Roller Blake* und ich sind eben ein eingespieltes Team.«

Franzi musterte Charlie verstohlen. Sie war sehr schlank und trug trendige Skater-Klamotten. Die kurze, schwarze Sporthose brachte ihre langen, gebräunten Beine perfekt zur Geltung. Dazu trug sie geringelte Kniestrümpfe und Turnschuhe in Neonpink. Ziemlich cool. Dass sie sich offenbar auf Anhieb blendend mit Blake verstand, versetzte Franzi einen Stich.

»Habt ihr heute noch was vor?«, erkundigte sich Charlie.

»Wir wollten gerade was trinken gehen«, sagte Blake. »Komm doch mit.«

»Gerne!« Charlie schien eine Freundin schneller Entscheidungen zu sein. »Das heißt, natürlich nur, wenn du nichts dagegen hast.« Sie sah zu Franzi hinüber, die sich bisher nicht an der Unterhaltung beteiligt hatte. Ihr Blick war so direkt, dass Franzi zusammenzuckte.

»Quatsch, Franzi hat bestimmt nichts dagegen«, versicherte Blake. »Oder?«

Franzi unterdrückte einen Seufzer. Eigentlich passte es ihr gar nicht, zu dritt ins *Lomo* zu gehen. Sie wollte mit Blake alleine sein. Aber sie konnte auch schlecht Nein sagen. Wie würde das denn aussehen? Sie hatte keine Wahl. Also schüttelte sie den Kopf und sagte lahm: »Nein, kein Problem. Komm ruhig mit.«

»Prima!« Charlie schien keine andere Antwort erwartet zu haben. »Nichts wie los!«

Wenn Träume zerplatzen ...

Im *Lomo* ergatterten Franzi, Blake und Charlie den letzten Tisch im Innenhof.
»Nett hier.« Charlie sah sich neugierig um. »Den Laden kenne ich noch gar nicht.«
Der kleine Biergarten war sehr liebevoll gestaltet. Auf dem hellen Holzboden standen Gartenmöbel aus Chrom und Teakholz. Große Kübel mit Palmen und blühenden Büschen sorgten für ein wenig Karibik-Flair und das weiße Sonnensegel verbreitete angenehmen Schatten.
Franzi bestellte drei *LICKs*, lehnte sich auf ihrem Stuhl zurück und verschränkte die Arme vor der Brust. Ihre Stimmung war auf dem Weg ins *Lomo* immer weiter in den Keller gerutscht. Blake und Charlie hatten sich die ganze Zeit angeregt unterhalten. Franzi hingegen, die sonst nicht auf den Mund gefallen war, hatte schweigend ihr Fahrrad nebenhergeschoben. Auch jetzt fühlte sie sich völlig überflüssig. Blake und Charlie fachsimpelten gerade über verschiedene Rollstuhlmodelle, ein Thema, zu dem Franzi nichts beitragen konnte.
»Dein Sport-Rolli ist ziemlich cool«, stellte Charlie mit fachkundigem Blick fest.
Blake nickte. »Aber jetzt hätte ich am liebsten einen speziellen Chairskating-Rollstuhl, so wie Lars. Er hat einen mit besonders guter Federung und stabilem Rahmen.«
»Ist mir auch aufgefallen«, sagte Charlie. »Damit kann man im Skatepark bestimmt auch höhere Sprünge machen, ohne dass der Rücken leidet.«

Die Bedienung kam zurück und stellte drei randvolle Gläser auf den Tisch, aus denen es verführerisch nach Vanille duftete. »Bitte schön, dreimal *LICK* mit Vanilleeis und Schoko-Raspeln.«
»Danke.« Blake rührte mit seinem Strohhalm in dem eisgekühlten Kakao und probierte einen Schluck. »Lecker! Guter Tipp, Franzi.«
Franzi lächelte schwach. Während sie noch überlegte, wie sie sich in die Unterhaltung einklinken konnte, ergriff Charlie schon wieder das Wort.
»Ich hab gehört, dass man sich solche Chairskating-Rollstühle in den USA ganz individuell anfertigen lassen kann.«
»Ehrlich? Cool!« Blakes Miene verdüsterte sich. »Aber das ist bestimmt superteuer. So ein Sondermodell übernimmt die Krankenkasse garantiert nicht.«
»Da könntest du recht haben.«
»Das kann ich vergessen. Meine Eltern haben ihre Ersparnisse schon für den Sportrolli ausgegeben. Die werden mir was erzählen, wenn ich jetzt wieder einen neuen Rollstuhl will.«
»Hast du schon mal was von Crowdfunding gehört?«, fragte Charlie. »Es gibt spezielle Internet-Plattformen, über die man Geld zum Beispiel für sein persönliches Sportprojekt einwerben kann. Oder auch für die Finanzierung anderer Dinge.«
»Und wie funktioniert das genau?«, erkundigte sich Blake interessiert.
Während Charlie ihm das Prinzip dieser besonderen Finanzierungsform durch viele Internetnutzer erklärte, schweiften Franzis Gedanken ab. Sie stellte sich vor, wie der weitere Nachmittag ohne Charlie verlaufen wäre. Sie und Blake wür-

den jetzt zu zweit am Tisch sitzen und ab und zu an ihrem *LICK* nippen, ohne viel zu sagen. Mit Blake konnte man prima reden, aber auch prima schweigen. Irgendwann wären Franzi die richtigen Worte ganz von allein über die Lippen gekommen.

»Ich hab mich in dich verliebt.«

»Und ich mich in dich.«

»Wirklich?«

»Ich fand dich vom ersten Moment an toll. Hast du das gar nicht gemerkt? Du bist meine absolute Traumfrau, Franzi!«

Würden sie sich küssen? Und wenn ja, wie würden sich Blakes Lippen anfühlen?

Ein helles Lachen beendete Franzis Träumereien.

»Du bist echt witzig, Blake.« Charlie legte kichernd eine Hand auf seinen Arm.

»Man tut, was man kann.« Blake grinste. Offenbar hatte er gerade einen Scherz gemacht, der Franzi entgangen war.

Sie starrte auf Charlies Hand mit den feingliedrigen, leicht gebräunten Fingern. Am kleinen Finger glänzte ein schmaler silberner Ring. Charlies Hand lag immer noch auf Blakes Arm. Und Blake schien nichts dagegen zu haben. Wahrscheinlich gefiel es ihm sogar. Charlie war offensichtlich genau sein Typ: gut aussehend, cool, sportlich, witzig und eine super Chairskaterin. Wie sollte Franzi da mithalten?

Plötzlich hielt sie es nicht mehr aus. Sie stand so abrupt auf, dass ihr Stuhl fast umkippte. »Ich muss los.«

»Jetzt schon?«, fragte Blake überrascht. »Wir sind doch gerade erst gekommen. Du hast deinen *LICK* gar nicht ausgetrunken.«

»Sorry, aber ich muss noch dringend Mathe lernen. Wir schreiben bald eine wichtige Arbeit.« Das war nicht einmal gelogen.

»Schade.« In Blakes Stimme schwang Enttäuschung mit. Dabei war er bestimmt froh, dass Franzi das Feld räumte und er mit Charlie allein zurückblieb. Nun konnte er endlich ungestört mit ihr flirten. Aber weil er ein höflicher Mensch war und Franzi nicht verletzen wollte, tat er so, als würde er ihren plötzlichen Abgang bedauern. Dieser Gedanke schmerzte und Franzi wurde flau im Magen. Sie stützte sich am Tisch ab. Sie musste hier weg, und zwar schnell! Ehe sie umkippte oder anfing zu heulen oder irgendetwas Peinliches sagte.

»Man sieht sich«, murmelte sie.

»Ciao.« Charlie hob zum Abschied die Hand. Die linke. Die rechte lag nach wie vor auf Blakes Arm.

»Ich ruf dich an«, sagte Blake.

Franzi nickte kaum merklich. Sie griff nach ihrem Rucksack, straffte die Schultern und ging davon. Tränen schossen ihr in die Augen und verschleierten ihren Blick. Sie blinzelte mit zusammengebissenen Zähnen. Jetzt bloß nicht stolpern! Aber wahrscheinlich achteten Blake und Charlie sowieso nicht mehr auf sie, weil sie voll und ganz damit beschäftigt waren, einander tief in die Augen zu schauen …

Als Franzi vor dem *Lomo* auf der Straße stand, atmete sie tief durch und wischte sich über das tränenfeuchte Gesicht. Wie ein Roboter schloss sie ihr Fahrrad auf, stieg auf und trat in die Pedale. Ihre Beine bewegten sich ganz von allein. Der Fahrtwind tat gut. Trotzdem wurde sie die Bilder nicht los, die sich tief in ihre Netzhaut eingegraben hatten. Charlies

Hand auf Blakes Arm. Ihr helles Lachen und Blake, der nur noch Augen für sie hatte. Franzi hatte er gar nicht mehr beachtet.

Franzi stöhnte. Wie hatte sie sich nur so täuschen können? Wie hatte sie sich einbilden können, Blake würde mehr als Freundschaft für sie empfinden? Das einzig Gute war, dass sie ihm ihre Gefühle noch nicht gestanden hatte. Ein Glück! Das wäre furchtbar peinlich geworden …

Zu Hause angekommen schaffte Franzi es gerade noch, ihr Fahrrad in den Schuppen zu schieben. Dann rannte sie in ihr Zimmer, schlug die Tür hinter sich zu und warf sich aufs Bett. Jetzt ließen sich die Tränen nicht länger zurückhalten. Franzis Schultern zuckten, während sie heftig ins Kissen schluchzte. Ein schöner Traum war zerplatzt wie eine schillernde Seifenblase. Und das tat einfach nur unsagbar weh.

Knapp achtundvierzig Stunden später betrat Franzi die kleine Eisdiele und sah sich um. Der Raum mit den abgenutzten Plastikmöbeln war recht schmucklos gestaltet, abgesehen von zwei kitschigen Florenz-Ansichten an der Wand, bei denen der Maler nicht mit Rosa- und Lilatönen gegeizt hatte, und einer verstaubten Zimmerpalme in der Ecke. Aus den Lautsprechern dudelte Eros Ramazzotti. Der einzige Gast saß an einem Tisch am Fenster und sah hinaus. Es war Kim.

»Nicht gerade gemütlich hier«, bemerkte Franzi, als sie sich zu ihrer Freundin setzte.

»Dafür hat man einen perfekten Blick auf Cedrics Haustür.« Kim deutete aus dem Fenster. Direkt gegenüber lag das Mietshaus, in dem Cedric und seine Eltern in einer Wohnung im dritten Stock lebten. Aus diesem Grund hatten die drei !!! die Eisdiele *Firenze* als Ausgangspunkt für ihre Beschattungsaktion ausgewählt.

»Ist Marie noch nicht da?«

Kim schüttelte den Kopf. »Sie kommt mal wieder zu spät.«

Marie war nicht gerade die Pünktlichkeit in Person, was Franzi manchmal furchtbar ärgerte. Aber heute hatte sie andere Dinge im Kopf. Blake hatte gestern und heute mehrmals versucht, sie zu erreichen, doch Franzi hatte sämtliche Anrufe und SMS ignoriert. Trotzdem versetzte es ihr jedes Mal einen Stich, wenn sein Name auf dem Display erschien.

»Wie geht es dir?« Kim sah Franzi mitfühlend an. »Bist du fit genug für die Ermittlungen? Oder brauchst du eine Pause?«

Franzi schüttelte den Kopf. »Bloß nicht! Wenn ich nur herumsitze und nichts tue, werde ich noch verrückt.«

Den Sonntagvormittag hatte Franzi im Bett verbracht. Eigentlich hätte sie dringend ihr Zimmer aufräumen und Mathe lernen müssen, aber sie konnte sich zu nichts aufraffen. Nachmittags hatte sie einen langen Ausritt auf Tinka gemacht, danach war es ihr etwas besser gegangen. Die frische Luft und die Bewegung in der Natur hatten gutgetan und ihr den Kopf freigepustet. Nachdem Franzi ihr Pony versorgt hatte, hatte sie Marie und Kim angerufen. Bei Marie war nur die Mailbox drangegangen, aber Kim war zum Glück zu Hause gewesen und Franzi hatte ihr alles haarklein erzählt.

Franzi seufzte. »Am liebsten würde ich Blake einfach vergessen.«

»Aber so leicht ist das nicht, oder?«

»Nein, leider nicht. Er geht mir einfach nicht aus dem Kopf.«

Kim winkte dem Kellner und bestellte zwei Gläser Apfelschorle. Im selben Moment öffnete sich die Tür und Marie kam herein. Ihre Haare waren leicht zerzaust und sie wirkte abgehetzt.

»Entschuldigt die Verspätung.« Sie ließ sich auf den freien Stuhl neben Kim fallen und ordnete ihre Frisur. »Der Bus ist mir vor der Nase weggefahren.«

»Kein Problem«, sagte Franzi großzügig. »Du hast nichts verpasst. Bisher ist alles ruhig.« Sie musterte ihre Freundin genauer. Maries Wimperntusche war zerlaufen, ihre Augen waren leicht gerötet und sie wirkte ungewöhnlich blass. »Alles in Ordnung mit dir?«

»Ja … nein …« Marie zupfte an ihrem Seidenschal und starrte angestrengt auf die Tischplatte. »Ehrlich gesagt geht es mir heute nicht so besonders.«

»Was ist los?«, fragte Kim. »Stress mit Holger?«

Marie nickte stumm. Sie kaute auf ihrer Unterlippe herum, dann sah sie auf. In ihren Augen glitzerten Tränen. »Holger hat sich in ein anderes Mädchen verliebt.«

»WAS?« Franzi schüttelte ungläubig den Kopf. »Das kann doch nicht wahr sein!«

»Ist es aber«, sagte Marie leise.

»Das ist ja schrecklich!« Kim legte den Arm um Marie. »Seit wann weißt du es?«

»Seit gestern. Ich bin nachmittags spontan bei Holger vorbeigefahren, weil ich endlich mit ihm reden wollte. Ich hab extra nicht vorher angerufen, damit er keine Ausrede erfinden kann.« Marie stockte.

»Wie hat er reagiert?«

»Er war ziemlich überrumpelt. Ich hab ihm auf den Kopf zugesagt, dass er Geheimnisse vor mir hat. Wenigstens hat er nicht lange um den heißen Brei herumgeredet.«
»Er hat es gleich gestanden?« Kim drückte Maries Schulter.
Marie nickte. »Er … er hat sie beim Parkouring kennengelernt. Erst hat er versucht, seine Gefühle zu verdrängen, weil er mich nicht verlieren wollte. Aber … es hat nicht geklappt.«
»Was heißt das genau?«, fragte Franzi.
»Holger und die andere haben sich in letzter Zeit ein paarmal getroffen.« Maries Stimme zitterte.
»Hinter deinem Rücken?«
Marie nickte wieder. »Er hatte ein furchtbar schlechtes Gewissen deswegen. Darum war er am Telefon immer so komisch und ist mir aus dem Weg gegangen. Die vielen Lügen haben ihn total fertig gemacht. Ich glaube, er war beinahe froh, dass ich jetzt Bescheid weiß.«
Der Kellner kam und stellte zwei Gläser Apfelschorle vor Kim und Franzi auf den Tisch.
»Und wie soll es nun weitergehen?« Kim schob Marie ihr Glas hin und Marie trank einen Schluck Schorle.
»Das habe ich Holger auch gefragt.« Marie stellte das Glas wieder auf den Tisch. »Darauf hatte er keine Antwort. Er will mich nicht verlieren, aber er hat auch Gefühle für das andere Mädchen.«
»So ein Mist«, murmelte Franzi. »Das ist wirklich schwierig.«
Marie betrachtete ihre Fingernägel. Vom Daumennagel blätterte der rosafarbene Lack ab. »Ich hab Holger vorgeschlagen, dass wir uns eine Weile nicht sehen, damit wir uns über unsere Gefühle klar werden können. Er war einverstanden.«

Eine Träne lief über Maries Wange. »Gestern fand ich die Idee noch gut, aber jetzt habe ich furchtbare Angst. Was, wenn er sich für die andere entscheidet?«

»Das wäre natürlich schlimm«, sagte Kim. »Aber so weit ist es ja noch nicht. Mach dich nicht verrückt!«

»Bist du nicht furchtbar sauer auf ihn?«, fragte Franzi. »Immerhin hat er dich mehrmals angelogen.«

»Erst hätte ich Holger glatt den Hals umdrehen können! Aber jetzt bin ich nur noch traurig.« Marie warf einen Blick aus dem Fenster. »Wie gut, dass wir gerade einen neuen Fall haben und ich mich mit den Ermittlungen ablenken kann.«

»Wem sagst du das!« Franzi seufzte. Sie erzählte Marie schnell vom Chairskating-Workshop, Charlie und dem verpatzten Treffen mit Blake im *Lomo*.

»Den männlichen Teil der Bevölkerung sollte man einfach auf den Mond schießen«, sagte Marie bitter.

Franzis Handy klingelte. Es war Blake. »Wenn man vom Teufel spricht …« Franzi zögerte. Blakes Name leuchtete auf dem Display wie ein unerfülltes Versprechen. Sollte sie den Anruf entgegennehmen? Sie hätte so gern seine Stimme gehört …

Doch in diesem Moment öffnete sich die Tür des Mietshauses gegenüber.

»Da sind sie«, zischte Kim.

Tatsächlich! Cedric und Felix verließen mit einem Mann das Haus. Sie blieben auf dem Bürgersteig stehen und unterhielten sich. Franzi drückte den Anruf weg. Die Ermittlungen gingen vor – außerdem konnte Blake ihr sowieso gestohlen bleiben.

Sie trank ihre Apfelschorle in einem Zug aus und angelte ein paar Münzen aus ihrer Hosentasche. Ein angenehmes Kribbeln breitete sich in ihrem Magen aus und verdrängte alle Gedanken an Blake und Charlie. Es ging los! Die Beschattungsaktion hatte begonnen.

Verfolgung undercover

Die drei !!! verließen die Eisdiele und suchten hinter einem grauen Stromkasten Schutz. Cedric und Felix verabschiedeten sich gerade von dem Mann, der mit ihnen aus dem Haus gekommen war.

Cedric umarmte den Mann lachend, winkte ihm zu und rief: »Tschüss, Onkel Tillmann!«

Sein Onkel stieg in ein am Straßenrand geparktes Taxi, ließ den Motor an und fuhr davon. Bevor er um die Ecke bog, hupte er noch einmal. Kim zog ihr Detektivtagebuch hervor und machte sich eifrig Notizen.

Cedric und Felix drehten sich um und schlenderten in die entgegengesetzte Richtung davon.

»Hinterher«, flüsterte Franzi.

So unauffällig wie möglich nahmen die Detektivinnen die Verfolgung auf. Zum Glück schienen die Jungs keinerlei Verdacht zu schöpfen. Sie blödelten herum, stießen sich gegenseitig an, lachten, quatschten und drehten sich kein einziges Mal um.

»Das ist ja total einfach«, stellte Marie ein paar Straßen weiter fest.

»Wir sollten trotzdem vorsichtig sein«, warnte Franzi.

»Wo sie wohl hinwollen?«, überlegte Kim laut. »Auf jeden Fall laufen sie in Richtung Innenstadt.«

Nach weiteren zehn Minuten hatten sie den Rand der Fußgängerzone erreicht. Vor einem mehrstöckigen Gebäude mit grauer Betonfassade blieben die Jungs stehen. Die drei !!!

duckten sich hinter einen Müllcontainer, aus dem es unangenehm nach Küchenabfällen roch, und beobachteten, wie Cedric und Felix in dem Haus verschwanden.

»Das ist eine Nachhilfeschule«, stellte Franzi fest, nachdem sie das Schild über der Tür gelesen hatte.

»Vielleicht nehmen die beiden Nachhilfe«, vermutete Kim. »Du hast doch gesagt, dass sie in mehreren Fächern Probleme haben, oder?«

»Ja, schon.« Franzi runzelte die Stirn. »Aber das passt irgendwie nicht zu ihnen.«

»Abwarten.« Marie zog ein Haargummi aus ihrer Umhängetasche und machte sich einen Pferdeschwanz.

Der Himmel war mit weißen Schleierwolken verhangen, doch es war immer noch sehr warm, beinahe schwül. Wahrscheinlich würde es gegen Abend ein Gewitter geben. Franzi spürte, wie ein Schweißtropfen über ihre Stirn lief. Sie fuhr sich mit der Hand über das Gesicht. Ihr war heiß und das T-Shirt klebte an ihrem Rücken. Zum Glück öffnete sich die Tür vom Haus gegenüber schon nach kurzer Zeit wieder und Cedric und Felix kamen heraus. Sie blieben unschlüssig auf dem Bürgersteig stehen.

»Ich hab eine Idee!« Marie holte rasch ihren Schminkspiegel hervor, wischte die zerlaufene Wimperntusche unter ihren Augen weg und zog sich die Lippen nach. »Bin gleich wieder da.«

»Was hast du vor?«, zischte Kim.

»Kleine Undercover-Aktion.« Marie grinste und steckte Spiegel und Lippenstift ein. »Keine Sorge, mich kennen die Jungs ja nicht.«

Marie verließ die Deckung hinter dem Müllcontainer und überquerte mit selbstsicheren Schritten die Straße. Die Absätze ihrer Sandalen klapperten auf dem Asphalt. Sie ging direkt auf den Eingang der Nachhilfeschule zu und wühlte dabei in ihrer Umhängetasche.

»Was macht sie nur?« Franzi kniff die Augen zusammen.

Marie tat so, als würde sie Felix und Cedric gar nicht bemerken. Sie kramte immer noch in ihrer Tasche und stieß prompt mit Cedric zusammen. Sie stieß einen spitzen Schrei aus und ließ die Tasche fallen. Lippenstift, Puderdose, Schlüsselbund und Portemonnaie landeten auf dem Bürgersteig.

»Wie ungeschickt von mir!« Marie starrte mit weit aufgerissenen Augen auf ihre verstreut liegenden Habseligkeiten. »Das tut mir ja so leid. Ich hab dich gar nicht gesehen.«

»Macht nichts.« Cedric fuhr sich verlegen durch seine dunklen, halblangen Haare. »Warte, ich helfe dir.« Er ging in die Hocke und begann, Maries Sachen aufzuheben.

»Das ist wirklich lieb von dir.« Marie lächelte ihm dankbar zu.

»Kein Problem«, sagte Cedric eifrig. »Ist doch selbstverständlich.«

»Gehört die auch dir?« Felix hob Maries Sonnenbrille auf, die genau vor seinen Füßen lag.

»Allerdings!« Marie nahm ihm die Sonnenbrille aus den Händen und schob sie sich ins Haar. »Danach hab ich die ganze Zeit gesucht. Vielen Dank!«

Kim kicherte und Franzi musste ebenfalls grinsen. Marie war einfach die geborene Schauspielerin! Sie hatte Felix und Cedric im Nu um den Finger gewickelt. Die Jungs hingen förmlich an ihren brombeerfarbenen Lippen.

»Habt ihr jetzt auch Nachhilfe?« Marie nickte zu dem grauen Gebäude hinüber.
Cedric schüttelte den Kopf. »Wir haben unsere Stunde gerade abgesagt.«
»Ihr Glücklichen!« Marie seufzte theatralisch. »Ich hab gleich eine Einzelstunde Französisch. Der reine Horror! Aber wenn ich mich nicht ordentlich reinhänge, sieht es düster für mich aus. Bis zu den Zeugnissen muss ich mich unbedingt noch verbessern. Und bei euch? Lasst mich raten: Mathe? Physik? Englisch?«
»Mathe.« Felix verzog das Gesicht. »Total öde.«
»Aber die Nachhilfe scheint ja was gebracht zu haben, wenn ihr nicht mehr hinzugehen braucht.«
»Na ja, nicht direkt …« Cedric und Felix wechselten einen schnellen Blick.
»Sagen wir mal so, das Matheproblem hat sich für uns auf andere Weise erledigt«, erklärte Felix.
Marie zog die Augenbrauen hoch. »Tatsächlich? Klingt spannend! Wie denn?«
»Man braucht nur die richtigen Beziehungen«, prahlte Cedric. »Dann hat man keine Nachhilfe mehr nötig.«
Felix stieß ihn warnend an. Er schien zu fürchten, sein Kumpel könnte sich verplappern.
»Was denn für Beziehungen?«, hakte Marie nach.
»Ach, vergiss es«, sagte Felix schnell. »Sag mal, hast du vielleicht Lust auf eine Cola? Wir laden dich ein.«
Marie schüttelte den Kopf. »Danke, das ist lieb, aber meine Nachhilfestunde fängt gleich an. Mein Französischproblem hat sich leider noch nicht erledigt.«

»Wie wär's hinterher?«, fragte Cedric. »Wir haben jetzt auch noch einen Termin. In etwa einer Stunde hätten wir Zeit. Wann bist du fertig? Wir holen dich ab.«
»Ihr seid süß.« Marie lächelte den Jungs zu. »Aber später hab ich schon was vor. War nett, euch kennenzulernen. Ciao!« Sie warf den beiden eine Kusshand zu und verschwand mit klappernden Absätzen im Haus.
»Eine perfekte Vorstellung!«, murmelte Franzi.
Maries Schauspielstunden hatten sich mal wieder ausgezahlt. Sie wollte später Sängerin oder Schauspielerin werden und nahm schon seit Jahren Unterricht.
Cedric und Felix sahen Marie mit offenen Mündern nach, als hätten sie eine Erscheinung gehabt.
Cedric pfiff durch die Zähne. »Wow! Die absolute Traumfrau, oder? Ich glaube, die steht total auf mich.«
»Quatsch, auf mich!« Felix stieß seinem Kumpel mit dem Ellbogen in die Seite und beide prusteten los.
Franzi verdrehte die Augen. »Typisch Jungs!«
Immer noch lachend setzten sich die Freunde in Bewegung und liefen weiter in Richtung Fußgängerzone. Kim und Franzi folgten ihnen. An der nächsten Straßenecke hatte Marie sie eingeholt. Sie war etwas außer Atem und außerdem barfuß. Ihre Sandalen hielt sie in der Hand.
»Die Absätze machen beim Rennen zu viel Krach.« Sie streifte die Schuhe rasch wieder über. »Und – wie war ich?«
»Super!« Franzi reckte den Daumen in die Höhe.
»Die Jungs waren hin und weg«, fügte Kim hinzu.
»Das will ich auch hoffen.« Marie schob sich ihre Sonnenbrille auf die Nase, denn in diesem Moment tat sich eine

Lücke in den Wolken auf und gleißendes Sonnenlicht fiel auf die Straße.

»Was die beiden wohl für einen Termin haben?«, überlegte Kim.

»Wir werden es herausfinden«, sagte Franzi zuversichtlich.

Sie erreichten eine große Kreuzung und überquerten an einer Ampel die Hauptverkehrsstraße, die einmal rund um die Innenstadt führte. Kurz darauf betraten sie die Fußgängerzone. Hier war bei dem schönen Sommerwetter jede Menge los. Es war kein Problem für die Detektivinnen, zwischen den vielen Passanten unterzutauchen. Sämtliche Außentische der die Straße säumenden Cafés waren besetzt. Die Leute vertilgten riesige Eisbecher, schlürften Eiskaffee und Fruchtcocktails oder blinzelten einfach träge in die Sonne.

Felix und Cedric liefen an den Cafés vorbei, ignorierten die Schaufenster der Geschäfte und zeigten auch keinerlei Interesse an den Sonderangeboten der Klamottenläden. Stattdessen bogen sie in eine etwas schmalere Seitenstraße ein und betraten ein Schnellrestaurant. Dort stellten sie sich in die Warteschlange, die einmal quer durch den gut gefüllten Laden führte.

Die drei !!! postierten sich hinter einer Säule im Eingangsbereich. Franzi ließ ihren Blick durch das Restaurant wandern. Die meisten Tische waren mit Schülern besetzt, die sich trotz des warmen Wetters lieber eine Currywurst oder einen Hamburger als ein Eis schmecken ließen. An einem Ecktisch saß ein Großvater mit seinen drei Enkelkindern und versuchte, einen Streit um eine kleine, hässliche Plastikfigur aus dem Kindermenü zu schlichten. Etwas weiter hinten hatte sich eine Clique aus etwa sechzehnjährigen Mädchen niedergelassen, die sich eine Portion Chicken-Nuggets teilten und alle Cola light tranken. Die Luft war warm und stickig, es roch nach Pommes, heißem Fett und gebratenem Fleisch.

Felix und Cedric studierten die über der Theke angeschlagene Speisekarte, während sie langsam in der Schlange vorrückten. Direkt hinter ihnen stand ein Mann, der Franzi auffiel, weil er trotz der Wärme einen dicken grünen Pullover trug und sich die Kapuze tief ins Gesicht gezogen hatte.

Franzi blinzelte. »Der Typ kommt mir irgendwie bekannt vor.«

»Der mit dem Kapuzenpullover?«, fragte Kim. »Der ist mir auch schon aufgefallen. Er muss sich ja totschwitzen in dem warmen Pulli.«

»Dazu eine verspiegelte Sonnenbrille auf der Nase, das ist die perfekte Tarnung«, stellte Marie fest.

Franzi ließ den Mann nicht aus den Augen. Als er seine Sonnenbrille einen Moment abnahm, um sich den Schweiß von der Stirn zu wischen, wusste sie endlich, wen sie vor sich hatte.

»Das ist Herr Carstens«, zischte sie.

»Stimmt!« Kim hatte ihn auch erkannt. »Das kann unmöglich ein Zufall sein.«

»Was macht er denn da?« Franzi starrte angestrengt zur Warteschlange hinüber. Der Lehrer zog etwas unter seinem Pullover hervor. Einen Umschlag! Eine ausgestreckte Hand erschien und der Umschlag wechselte den Besitzer. Die Übergabe erfolgte so schnell, dass vermutlich niemand außer den drei !!! etwas davon mitbekam. Im Nu war der mysteriöse

Umschlag unter Felix' Shirt verschwunden. Ohne ein einziges Wort mit seinen Schülern gewechselt zu haben, trat Henning Carstens aus der Warteschlange und verließ hastig den Imbiss.

»Warum tun die drei so, als würden sie sich nicht kennen?« Marie schüttelte den Kopf. »Das ist ja fast wie in einem Agentenfilm.«

»In dem Umschlag ist garantiert etwas Illegales«, kombinierte Kim. »Wozu sonst der ganze Aufwand?«

»Vielleicht Bestechungsgeld«, vermutete Franzi. »Damit Felix und Cedric endlich Ruhe geben und den Unterricht nicht mehr stören.«

»Möglich wäre es …«, murmelte Marie.

Felix und Cedric waren inzwischen zur Theke vorgerückt und gaben ihre Bestellung auf.

»Wir sollten uns aufteilen.« Kim sah von den Jungs zur Eingangstür, durch die der vermummte Lehrer vor wenigen Sekunden verschwunden war. »Du folgst Herrn Carstens, Franzi. Marie und ich bleiben hier und behalten die Jungs im Auge, okay?«

»Okay!« Franzi sprang hinter der Säule hervor. Wenn sie ihren Lehrer noch erwischen wollte, musste sie sich beeilen. Sie stürmte zum Ausgang und rannte dabei fast eine Gestalt über den Haufen, die gerade aus einer Nische trat.

»Melina!« Franzi blieb stehen. »Sorry, ich hab dich gar nicht gesehen. Was machst du denn hier?«

Franzis Mitschülerin lief knallrot an. »Äh … also … ich hatte plötzlich totalen Heißhunger auf Pommes. Komisch, oder?« Sie lachte etwas gekünstelt.

»Na dann, guten Appetit«, wünschte Franzi hastig. »Tut mir leid, ich hab's eilig.«
Sie ließ Melina stehen und rannte aus dem Laden.

Die Lage spitzt sich zu

Vor dem Schnellrestaurant sah Franzi von rechts nach links. Am Ende der Straße bog die Gestalt im grünen Pullover gerade um die Ecke. Franzi nahm die Verfolgung auf.

Herr Carstens hatte die Kapuze abgestreift, trug aber immer noch die verspiegelte Sonnenbrille. Mit hängenden Schultern schlurfte er durch die Innenstadt. Er schien tief in Gedanken versunken zu sein und stieß mehrmals beinahe mit entgegenkommenden Passanten zusammen. Franzi wagte sich immer näher heran. Ihr fielen die zerzausten Haare des Lehrers auf und die dunklen Ringe unter seinen Augen. Insgesamt wirkte er ziemlich fertig. Was war nur los mit ihm? Setzte ihm die Sache mit Felix und Cedric so sehr zu? Wenn sie nur endlich wüsste, was genau dahintersteckte! Vielleicht war es ja nicht das erste Mal, dass der Lehrer den Jungs Geld gab, damit sie ihn in Ruhe ließen. Dann wäre seine gedrückte Stimmung natürlich durchaus verständlich …

Kurz hinter dem Marktplatz betrat Henning Carstens eine Apotheke. Franzi folgte ihm und suchte hinter einem Regal mit Bio-Körperpflegelotionen Schutz. Sie tat so, als würde sie intensiv die Inhaltsstoffe der Granatapfel-Lotion studieren, während sie eifrig die Ohren spitzte und hin und wieder vorsichtig um die Ecke lugte. Herr Carstens stand keine zwei Meter von ihr entfernt an der Verkaufstheke und reichte dem Apotheker einen Zettel.

»Ich möchte dieses Rezept einlösen.«

»Einen Moment, bitte.« Der Apotheker verschwand und

tauchte kurze Zeit später mit einer kleinen Schachtel wieder auf. »Das ist ein sehr starkes Medikament. Achten Sie bitte genau auf die Dosierung und nehmen Sie es nur strikt nach Packungsbeilage oder Anweisung Ihres Arztes ein.«

»Ja, ja«, murmelte Herr Carstens zerstreut. Er schien gar nicht richtig zuzuhören.

»Kann ich sonst noch etwas für Sie tun?«

Herr Carstens schüttelte den Kopf, bezahlte und steckte das Medikament ein. Ihm war offensichtlich nicht nach höflichem Small-Talk zumute. Ohne Abschiedsgruß drehte er sich um und verließ die Apotheke.

Während Franzi ihm quer durch die Fußgängerzone folgte, dachte sie angestrengt nach. Was hatte das alles zu bedeuten? War Herr Carstens krank? Von zu viel Stress konnte man schließlich durchaus Magengeschwüre oder andere Beschwerden bekommen. Wirkte der Lehrer deshalb so müde und abwesend?

Herr Carstens bog mehrmals ab, ohne nach rechts oder links zu sehen. Er wirkte wie ein Roboter, der automatisch eine einprogrammierte Strecke abmarschiert. Sie verließen die belebte Fußgängerzone und gelangten in ein ruhigeres Wohngebiet mit Mietshäusern und kleinen Reihenhäusern. Der Lehrer betrat den Vorgarten eines schmucken Hauses mit zitronengelber Fassade, schloss die Haustür auf und verschwand im Inneren.

Franzi blieb ein wenig unschlüssig vor dem Jägerzaun stehen. Was sollte sie jetzt tun? Sie beschloss, noch eine Weile zu warten. Vielleicht kam Herr Carstens ja gleich wieder heraus. Leider gab es hier kaum Möglichkeiten, in Deckung zu gehen. Sie konnte nur hoffen, dass der Lehrer nicht aus dem Fenster sah, dann würde er sie unweigerlich entdecken. Franzi betrachtete den Vorgarten, der im Gegensatz zur Hausfassade etwas ungepflegt wirkte. Hier hatte offenbar länger niemand mehr Unkraut gejätet. Wahrscheinlich war Herr Carstens vor lauter Schulstress nicht dazu gekommen. Ob er verheiratet war? Kinder schien er keine zu haben, zumindest gab es im Vorgarten keinerlei Hinweise darauf. Keine Sandkiste, keine ins Gras geworfenen Laufräder, keine Kinderschuhe vor der Tür.

Nach zehn Minuten war immer noch alles ruhig. Der Himmel hatte sich jetzt komplett zugezogen. Die Wolken hingen bleischwer über der Stadt. Es war unangenehm drückend und kein noch so kleiner Lufthauch sorgte für Abkühlung. In der Ferne grollte es Unheil verkündend.

Franzi trat nervös von einem Fuß auf den anderen. Eigentlich hätte sie jetzt zu Marie und Kim zurückkehren können, aber etwas hielt sie zurück. Ein seltsames Gefühl in der Magengegend. Das Haus lag so still und tot vor ihr, als wäre niemand da. Kein Vorhang bewegte sich, kein Geräusch war zu hören, obwohl das Küchenfenster gekippt war. Es drangen weder Stimmen noch Musik, Geschirrgeklapper oder Fernsehlärm heraus. Es war beinahe gespenstisch ruhig. Was machte Herr Carstens da drinnen?

Franzi zögerte einen Moment, dann folgte sie ihrem Instinkt und trat durch die kleine Holzpforte in den Vorgarten. Sie warf einen Blick durch das Küchenfenster. Die Küche war leer. Franzi schlich um die Hausecke in den hinteren Teil des Gartens und kam sich dabei vor wie eine Diebin. Verstohlen blickte sie zu den Nachbarhäusern, aber niemand schien sie zu beobachten.

Der Garten hinter dem Haus war klein. Er bestand aus einer von einer Kirschlorbeerhecke gesäumten Rasenfläche und einer etwas erhöhten Terrasse aus grauen Holzdielen. Auch hier war alles still, vom Zwitschern der Vögel in den Bäumen der Nachbargärten einmal abgesehen. Plötzlich kam Wind auf und ließ die Blätter der Kirschlorbeersträucher rascheln. Ein Blitz zuckte über den grauen Himmel. Es wurde immer dunkler, dabei war es noch nicht einmal sechs Uhr.

Franzi fiel auf, dass die Terrassentür einen Spaltbreit offen stand. Sie betrat die Holzdielen, umrundete den Gartentisch und ging auf die Tür zu, in deren Glasscheibe sich der nächste Blitz spiegelte. Das Gewitter würde nicht mehr lange auf sich warten lassen. Immer noch drang kein Laut aus dem Inneren des Hauses.

Franzi klopfte vorsichtig gegen den Holzrahmen. Nichts.

»Herr Carstens?« Ihre Stimme klang belegt.

Keine Antwort. Vorsichtig schob sie die Tür weiter auf, lugte ins Wohnzimmer und erstarrte. Herr Carstens saß mit geschlossenen Augen in einem altmodischen Ohrensessel. Sein Kopf war zur Seite gesunken, die Arme hingen schlaff herab. Auf dem Couchtisch stand ein halb leeres Glas Wasser, daneben lag eine geöffnete Tablettenschachtel.

Franzis Herz raste, genauso wie die Gedanken in ihrem Kopf. War ihr Lehrer ohnmächtig geworden? War er tatsächlich krank? Oder hatte er das Medikament aus der Apotheke falsch dosiert, weil er dem Apotheker nicht richtig zugehört hatte?

Panik stieg in Franzi auf. Sie musste etwas tun! Sie musste Herrn Carstens helfen, bevor es zu spät war. Sollte sie einen Krankenwagen rufen? Nein, das würde viel zu lange dauern. Ihr Lehrer brauchte jetzt Hilfe. SOFORT! Hastig schob Franzi die Terrassentür weiter auf und machte einen Schritt nach vorne. Dabei stolperte sie über die Türschwelle und verlor das Gleichgewicht. Hilflos ruderte sie mit den Armen. Im Fallen stieß sie eine leicht verstaubte Bodenvase um, in der ein paar verwelkte Kirschbaumzweige ein trauriges Dasein fristeten. Die Vase zersprang in tausend Scherben, während Franzi unsanft auf dem Parkett landete und sich den Kopf am Couchtisch stieß. Gleichzeitig knallte es draußen so laut, dass die Fensterscheiben vibrierten. Der Donner dröhnte in Franzis Ohren. Sie schloss die Augen und sah nur noch tanzende Sterne.

»Unglaublich, wie viel die futtern können.« Kim klang ehrlich beeindruckt.

Marie grinste. »Die Jungs scheinen ordentlich Kohldampf zu haben.«

Felix und Cedric hatten sich das Kingsize-Deluxe-Menü bestellt, das aus einem Burger mit extra viel Fleisch, einer XXL-Portion Pommes, Chicken-Nuggets und einem großen Becher Cola bestand. Jetzt saßen sie an einem Tisch am Fenster und ließen es sich schmecken, ohne zu ahnen, dass sie die ganze Zeit beobachtet wurden. Zum Glück war das Restaurant immer noch so voll, dass die Detektivinnen hinter der Säule nicht weiter auffielen. Draußen vor dem Fenster blitzte es. Offenbar war ein Gewitter im Anzug.

Marie fixierte den ominösen Umschlag, der zwischen den Jungs auf dem Tisch lag. »Wenn wir Glück haben, machen sie den Umschlag nach dem Essen auf.«
Kim zwirbelte nachdenklich eine kurze Haarsträhne. »Warum haben sie noch nicht hineingeschaut?«
»Wahrscheinlich wissen sie, was drin ist«, sagte Marie.
Kim nickte langsam. »Klingt logisch.«
Marie gähnte. Die stickige Luft machte müde. Der Großvater und seine drei Enkel hatten ihre Mahlzeit beendet und brachten ihre Tabletts weg. Die Kinder stritten sich immer noch lautstark um die kleine Plastikfigur. Ihr Opa scheuchte sie schnell aus dem Laden, wahrscheinlich wollte er vor dem Gewitter nach Hause kommen.
»Cedric steht auf«, zischte Kim.
Marie konzentrierte sich wieder auf die Verdächtigen. Cedric hatte sein Menü in Rekordzeit aufgefuttert und marschierte in Richtung Toiletten. Dabei warf er einen interessierten Blick zu der Mädchenclique hinüber, doch die Mädels ignorierten ihn. Kaum war er um die Ecke verschwunden, wurde Felix von einem Angestellten gerufen. Der Mann winkte ihn zu sich.
»Ich geh mal schauen, was der Typ von Felix will.« Kim schlängelte sich zwischen den Wartenden hindurch zum Tresen, wo der Angestellte hektisch mit einem Telefon wedelte. Felix nahm es mit überraschtem Gesichtsausdruck entgegen und hielt es ans Ohr.
In diesem Moment vibrierte es in Maries Tasche. Ihr Handy! Sie zog es hervor und warf einen Blick auf das Display. Holger! Marie zögerte kurz, dann nahm sie das Gespräch an.

»Hallo, ich bin's.«
Holgers Stimme klang so nah, als würde er direkt hinter ihr stehen. Maries Mund war plötzlich ganz trocken und sie bekam keinen Ton heraus.
»Ich wollte nur mal kurz hören, wie's dir geht.« Holger zögerte. »Nach unserem Gespräch gestern, meine ich.«
Marie schluckte. Sie riss sich zusammen. Holger sollte nicht merken, wie weh er ihr getan hatte.
»Ich dachte, wir hätten eine Abmachung«, sagte sie kühl. Zum Glück zitterte ihre Stimme nur ganz leicht. »Wir wollten doch eine Weile keinen Kontakt mehr haben.«
»Ja … schon …«, stammelte Holger. »Aber …«
»Nichts aber«, schnitt Marie ihm das Wort ab. »Bitte ruf mich nicht mehr an. Ich brauche Zeit zum Nachdenken.«
Ehe Holger noch etwas sagen konnte, drückte sie das Gespräch weg und steckte das Handy ein. Ihre Augen brannten und sie hatte einen dicken Kloß im Hals. Jetzt bloß nicht losheulen! Sie atmete tief durch, blinzelte ein paar Mal und richtete ihre Aufmerksamkeit wieder auf den Tisch am Fenster. Cedric kam gerade von den Toiletten. Auch Felix kehrte kopfschüttelnd an den Tisch zurück.
»Was war denn los?«, fragte Marie, als Kim neben ihr auftauchte.
»Irgendwer hat Felix am Telefon verlangt. Aber als er drangegangen ist, war niemand am Apparat.«
»Seltsam …« Marie versuchte, die Gedanken an Holger zu verdrängen und sich auf die Ermittlungen zu konzentrieren. »Wieso ruft jemand hier im Imbiss an, wenn er Felix sprechen will, und nicht auf seinem Handy?«

»Könnte ein Ablenkungsmanöver gewesen sein.«
»Ein Ablenkungsmanöver? Wofür denn?«
In diesem Moment schrie Cedric auf. Er war leichenblass und zeigte mit zitterndem Finger auf den Tisch.
»Verdammt«, zischte Marie. »Der Briefumschlag ist weg!«

Scherben bringen (Un)glück

»Aua!« Franzi hielt sich stöhnend den Kopf. Auf ihrer Stirn wuchs bereits eine dicke Beule.

»Franzi?« Die Stimme von Herrn Carstens drängte den Schmerz in den Hintergrund. Der Lehrer saß immer noch in seinem Ohrensessel und starrte Franzi ungläubig an.

»Herr Carstens! Geht es Ihnen gut? Mann, haben Sie mir einen Schreck eingejagt!«

»Danke, gleichfalls.« Der Lehrer betrachtete mit gerunzelter Stirn das Chaos um sich herum. Überall lagen Scherben und in einer Lache aus modrig riechendem Blumenwasser schwammen Kirschbaumzweige. »Was zum Teufel ist hier los?«, fragte er scharf. »Was machst du in meinem Wohnzimmer?«

Franzi setzte sich auf und zupfte verlegen an ihrer nassen Jeans, die ebenfalls eine Ladung Blumenwasser abbekommen hatte. Regen prasselte gegen die Fensterscheiben. Der fast schwarze Himmel wurde von einem zuckenden Blitz erhellt. Fast zeitgleich donnerte es. Das Gewitter musste direkt über ihnen sein. »Tja … also …« Wie sollte Franzi ihrem Lehrer die Situation erklären? Am liebsten wäre sie im Parkettboden versunken. Wie peinlich! »Ich hab Sie durchs Fenster gesehen und dachte, Sie sind ohnmächtig geworden.«

»Und deshalb brichst du einfach hier ein und verwüstest mein Wohnzimmer?«, schimpfte Herr Carstens. »Das geht wirklich zu weit!«

Franzi biss sich auf die Unterlippe. »Tut mir leid. Ich wollte nur helfen. Offenbar hab ich die Situation falsch eingeschätzt und etwas überreagiert.«

»Das kann man wohl sagen!«

Franzi begann, die Scherben einzusammeln. »Die Vase ersetze ich Ihnen natürlich. Vielleicht kann man sie ja auch kleben.«

»Vergiss es. Die ist hinüber.«

»Entschuldigen Sie, das wollte ich nicht.«

»Was soll's.« Der Lehrer winkte ab. »Ich fand die Vase sowieso hässlich.«

Franzi atmete auf. Herr Carstens wirkte nicht mehr ganz so sauer. Sie legte die Scherben auf einen Haufen und deutete auf die Tablettenschachtel auf dem Couchtisch. »Sind Sie krank?«

Herr Carstens seufzte. »Ich leide seit einiger Zeit unter Migräne. Deshalb hat mir mein Arzt ein Schmerzmittel verschrieben. Ich wollte gerade ein kleines Nickerchen machen, aber daraus wird jetzt wohl nichts. Was hattest du eigentlich in meinem Garten zu suchen?«

Franzi dachte blitzschnell nach. Leider fiel ihr keine glaubwürdige Ausrede ein. Also entschloss sie sich zur Flucht nach vorn. Vielleicht war es sowieso an der Zeit, die Karten offen auf den Tisch zu legen.

»Ich hab Sie vom Schnellrestaurant aus verfolgt.«

»Wie bitte?« Herr Carstens wurde blass.

»Dort haben Sie Felix und Cedric einen Umschlag zugesteckt. Haben Sie den beiden Geld gegeben?«

Der Lehrer schüttelte empört den Kopf. »Nein, natürlich nicht. Warum sollte ich?«

»Erklären Sie es mir!« Franzi stand auf. Ihre Jeans klebte

feucht an den Beinen, doch sie ignorierte das unangenehme Gefühl. »Was läuft da zwischen Ihnen und den Jungs?«
»Ich habe keine Ahnung, wovon du redest. Und ich weiß auch nichts von einem Umschlag.«
»Ich will Ihnen doch nur helfen«, sagte Franzi eindringlich. »Aber dazu müssen Sie mit mir reden. Wenn Sie von Felix und Cedric erpresst werden, sollten Sie dringend etwas dagegen unternehmen. Sie dürfen sich das nicht gefallen lassen!«
Herr Carstens lächelte gezwungen. »Du hast wirklich eine blühende Fantasie! Aber glaub mir, es ist alles in bester Ordnung.« Er erhob sich aus dem Sessel. »Ich mache dir jetzt einen Vorschlag zur Güte: Wir vergessen den kleinen Vorfall hier, ich beseitige das Chaos und du gehst nach Hause und mischst dich nicht mehr in meine Angelegenheiten ein, okay?«
Franzi seufzte. Es brachte nichts, noch länger auf den Lehrer einzureden. »Falls Sie Ihre Meinung ändern, melden Sie sich jederzeit. Meine Freundinnen und ich sind Detektivinnen und können Ihnen bestimmt helfen.« Sie zog eine Visitenkarte aus der Hosentasche und reichte sie Herrn Carstens.

Der Lehrer nahm die Karte und steckte sie ein, ohne einen Blick darauf zu werfen. »Ich hab doch gesagt, es ist alles in Ordnung. Sucht euch jemand anderen zum Detektivspielen. Du findest allein hinaus, oder? Aber geh diesmal bitte vorneherum.« Er deutete auf die Wohnzimmertür.
»Klar. Und Entschuldigung noch mal wegen der Vase.« Franzi trat in den Flur und öffnete die Haustür. Draußen rauschte der Regen. Ihr Blick fiel auf ein gerahmtes Foto, das über dem Schuhregal an der Wand hing. Es zeigte einen sehr viel jüngeren Herrn Carstens mit halblangen Haaren und einem übermütigen Lächeln, der Arm in Arm mit zwei anderen jungen Männern neben einem rauchenden Grill stand. Auf dem Grill brutzelten Bratwürstchen und die Männer prosteten dem Fotografen gut gelaunt mit Bierflaschen zu. Franzi kniff die Augen zusammen. Der Mann rechts von Herrn Carstens kam ihr irgendwie bekannt vor. Sie war sich ganz sicher, ihn schon einmal gesehen zu haben. Aber wo? Mist, sie kam einfach nicht drauf! Schnell zückte Franzi ihr Handy und fotografierte das Bild.
»Sicher ist sicher«, murmelte sie, während sie das Haus verließ und die Tür hinter sich zuzog. Der Regen schien etwas nachzulassen. In der Ferne blitzte es noch, aber die Vögel, die während des Unwetters verstummt waren, begannen schon wieder zu zwitschern. Das Gewitter war weitergezogen.
Franzi rannte über die Straße, stellte sich unter einer ausladenden Eiche unter und schrieb schnell eine SMS an Kim und Marie. Der Nachmittag war wie im Flug vergangen, es war schon kurz vor halb sieben. Franzi seufzte. Wenn sie

keinen Ärger mit ihren Eltern bekommen wollte, wurde es höchste Zeit, zum Abendessen nach Hause zu fahren. Das Austauschen der Ermittlungsergebnisse würde bis morgen warten müssen.

Detektivtagebuch von Kim Jülich
Dienstag, 18:02 Uhr
Ich komme gerade vom Detektivclubtreffen bei Marie. Wir haben uns gegenseitig auf den neusten Stand gebracht. Mann, das war ganz schön spannend!
Franzi hat erzählt, was sie gestern bei Herrn Carstens erlebt hat. Marie und ich haben uns schlappgelacht, als wir uns Franzi mit nasser Hose zwischen lauter Scherben im Wohnzimmer ihres Mathelehrers vorgestellt haben. Das muss echt filmreif gewesen sein! Inzwischen konnte sie zum Glück auch darüber lachen. Leider hat Herr Carstens die Umschlagübergabe im Schnellimbiss abgestritten – und wir haben keine Beweise! Hätten wir doch nur ein Foto gemacht … Aber es ging alles viel zu schnell.
Marie und ich haben Franzi gebeichtet, dass wir gestern bei der weiteren Überwachung gepatzt haben. Irgendjemand hat uns – und den beiden Jungs – den geheimnisvollen Briefumschlag vor der Nase weggeklaut. Und weder Marie noch ich haben etwas bemerkt! Ganz schön peinlich!!!
Marie hat sich schwarzgeärgert, dass sie genau im falschen Moment mit Holger telefoniert hat. Sonst hätte sie den Dieb bestimmt in flagranti ertappt. Und ich bin auf das Ablenkungsmanöver mit dem angeblichen Anruf hereingefallen, genau wie Felix. So ein blöder Anfängerfehler! Jetzt ist der Umschlag

weg und wir müssen herausfinden, wer ihn geklaut hat und warum.
Laut Franzi haben Felix und Cedric heute in der Schule ziemlich bedrückt gewirkt. Von ihrer sonst üblichen großen Klappe war nicht viel zu merken. Bestimmt hat ihnen der Diebstahl des Umschlags die Laune verhagelt. Wenn wir nur wüssten, was darin war! Alles in allem haben wir momentan leider mehr Fragen als Antworten.
Immerhin konnten wir einen kleinen Ermittlungserfolg verbuchen: Franzi hat im Flur von Herrn Carstens ein Foto von ihm und zwei anderen Männern entdeckt. Weil ihr einer der Männer bekannt vorkam, hat sie es fotografiert und Marie und mir heute Nachmittag gezeigt. Zum Glück habe ich ein gutes Gedächtnis für Gesichter. Ich wusste sofort, wer der fragliche Mann war: Cedrics Onkel Tillmann! Er ist zwar inzwischen viel älter, trägt aber immer noch den gleichen Pferdeschwanz, wenn auch mit grauem Haar.
Cedrics Onkel scheint Herrn Carstens also von früher zu kennen. Das kann doch kein Zufall sein! Praktischerweise hab ich nicht nur seine Personenbeschreibung im Detektivtagebuch notiert, sondern auch den Namen des Taxiunternehmens, für das er arbeitet. Der Schriftzug prangte groß seitlich auf dem Taxi, das er vor Cedrics Haus geparkt hatte. Da sieht man mal wieder, wie wichtig es ist, jedes Detail zu dokumentieren!
Keine Frage: Cedrics Onkel könnte ein wichtiger Zeuge sein. Wir müssen ihn unbedingt ausfindig machen. Ich hab gerade die Telefonnummer des Taxiunternehmens im Internet herausgesucht und in der Zentrale angerufen. In dem Unternehmen arbeitet tatsächlich ein Tillmann Reuters (so heißt auch Cedric

mit Nachnamen, das passt also). Er hat aber leider bis Freitag frei. Wir müssen mit der Befragung also noch ein paar Tage warten. (Seine Privatadresse wollte die nette Dame in der Zentrale nicht rausrücken. Datenschutz und so …)
Ich muss Schluss machen, meine Mutter ruft zum Abendessen. Fortsetzung folgt!

Wechselbad der Gefühle

»Wiederholt zu Hause die Aufgaben von Seite 62«, sagte Herr Carstens. »Das wird Stoff der Klassenarbeit.«
Es klingelte. Erleichtert schlug Franzi ihr Mathebuch zu. Für heute war der Unterricht vorbei. Sie packte ihre Sachen zusammen und warf dabei einen Blick zu Cedric und Felix hinüber. In den letzten Tagen hatte sie die beiden ständig beobachtet, aber ihr war nichts Ungewöhnliches aufgefallen. Seit der Umschlag gestohlen worden war, verhielten sich die Jungs auffällig unauffällig.
Franzi schulterte ihren Rucksack, winkte Anna und Melina zum Abschied zu und verließ den Klassenraum. Der Flur war voller Schüler, die zum Ausgang strömten. Franzi konnte es kaum erwarten, endlich an die frische Luft zu kommen. Draußen blinzelte sie in die Sonne und genoss die Wärme auf ihrem Gesicht. Der Himmel war wolkenlos und die Temperatur genau richtig. Das perfekte Wetter für einen ausgiebigen Ausritt auf Tinka. Oder sollte sie lieber eine Runde joggen gehen? Franzi fiel die Mathearbeit ein und ihre Miene verdüsterte sich. Egal! Lernen konnte sie auch heute Abend noch. Der Nachmittag war viel zu schön, um im Haus zu hocken.
»Hallo, Franzi.«
»Blake!« Franzi blieb überrascht stehen. »Was machst du denn hier?« Augenblicklich beschleunigte sich ihr Herzschlag. Seit ihrem überstürzten Aufbruch im *Lomo* am letzten Wochenende hatte sie Blake nicht mehr gesehen oder gespro-

chen. Er hatte mehrmals versucht, sie zu erreichen, aber sie hatte sämtliche Anrufe und SMS ignoriert.

»Ich hab auf dich gewartet. Ich wollte mit dir reden.«

»Ach ja? Wieso denn?« Franzi versuchte, unbefangen zu klingen, aber es gelang ihr nicht. Wie gerne hätte sie in diesem Moment Maries Schauspieltalent gehabt!

»Was ist los, Franzi?«, fragte Blake.

»Was soll los sein?«

Blake sah sie schweigend an. Sein Blick traf Franzi mitten ins Herz. Erst jetzt merkte sie so richtig, wie sehr er ihr in den letzten Tagen gefehlt hatte. Sein Lachen, seine unkomplizierte Art, die Vertrautheit zwischen ihnen und das Gefühl von Geborgenheit, wenn sie zusammen waren. Am liebsten wäre sie ihm um den Hals gefallen und hätte ihn nie wieder losgelassen, aber sie hielt sich zurück.

»Warum gehst du nicht ans Telefon?«, wollte Blake wissen. »Ich hab total oft bei dir angerufen. Auf meine Nachrichten hast du auch nicht reagiert. Ich hab mir schon Sorgen gemacht. Ist dein Handy kaputt?«

Franzi schüttelte den Kopf.

»Was ist es dann? Bist du sauer auf mich? Hab ich irgendwas falsch gemacht?«

Franzi wich seinem Blick aus. Was sollte sie antworten? Dass sie sich in ihn verliebt hatte und es nicht ertrug, wie gut er sich mit Charlie verstand? Dass sie eifersüchtig war und ihre eigenen Gefühle sie komplett verwirrten? Dass sie Angst hatte, verletzt und enttäuscht zu werden? Nein, das konnte sie ihm auf keinen Fall sagen.

»Jetzt red schon«, drängte Blake. »Was ist los?«

Franzi räusperte sich. »Es ist alles in Ordnung. Ich hab gerade nur eine Menge um die Ohren. Wir haben einen neuen Fall und ich muss total viel für diese blöde Mathearbeit lernen …«
»Das ist alles?«
Franzi nickte. »Tut mir leid, dass ich mich nicht gemeldet habe. Ich hab's einfach nicht geschafft.«
»Puh!« Blake fuhr sich erleichtert durch seine dunklen Haare. »Da bin ich aber froh. Ich dachte schon, du willst nichts mehr mit mir zu tun haben.«
»Quatsch.« Franzi lächelte gezwungen.
»Heißt das, du kommst nachher in den Skatepark? Heute Nachmittag ist doch das nächste Chairskating-Training.«
»Richtig! Das hatte ich komplett vergessen.«
Genau genommen hatte Franzi den Termin nicht vergessen, sondern verdrängt – zusammen mit allen anderen Blake-Gedanken.
»Wie gut, dass ich hergekommen bin, um dich daran zu erinnern.« Blake grinste. »Dann sehen wir uns um vier im Schillerpark?«
»Klar.«
»Prima, ich freu mich.« Blake sah zur Bushaltestelle. »Mist, da kommt mein Bus. Bis später!« Er legte einen Blitzstart hin und sauste im Eiltempo los. Geschickt rollte er über die ausgeklappte Rampe in den Bus. Bevor sich die Türen schlossen, winkte er Franzi noch einmal zu.
Franzi winkte zurück und blickte dem Bus nach, der langsam davonfuhr. Der Schulhof hatte sich inzwischen geleert. Nachdenklich ging sie zu ihrem Fahrrad. Sie war sich nicht

sicher, ob sie erleichtert oder enttäuscht sein sollte. Blake hatte ihre Ausrede fast etwas zu schnell akzeptiert. Hätte er nicht merken müssen, dass mehr dahintersteckte? Aber was, wenn er genauer nachgefragt hätte? Hätte sie ihm die Wahrheit gesagt? Franzi wusste es nicht. Sie wusste nur, dass sie sehr froh war, Blake schon heute Nachmittag wiederzusehen. Denn eins war sonnenklar: Sie hatte ihn wahnsinnig vermisst!

Knapp zwei Stunden später saß Franzi auf der Küchenbank und zog ihre Inliner an. Bei dem schönen Wetter wollte sie zum Schillerpark skaten. Sie griff sich einen grünen Apfel aus der Obstschale und rollte aus der Küche.

»Tschüss, Mama!«, rief sie ihrer Mutter zu, die gerade Teig für Zimtschnecken ausrollte. Das erste Blech war bereits im Ofen und der Duft nach frischem Gebäck zog durchs ganze Haus.

»Viel Spaß, mein Schatz«, sagte Frau Winkler, ohne ihre Arbeit zu unterbrechen. »Bis später.« Der Backservice von Franzis Mutter fand immer mehr Anhänger, sodass sie mit dem Backen kaum noch hinterherkam. Die Zimtschnecken nach einem Rezept von Franzis Oma Lotti waren gerade besonders beliebt.

Franzi rollte langsam über den Hof, der sich mit seinem holperigen Pflaster nicht sonderlich zum Skaten eignete. Sie biss in den Apfel und winkte Tinka zu, die auf der Weide graste und sich die Nachmittagssonne aufs Fell scheinen ließ.

»Wir reiten morgen aus, okay?«, rief Franzi. »Versprochen!«

Tinka wieherte zustimmend. Franzi war sich sicher, dass sie

jedes Wort verstand. Sie schüttete Tinka oft ihr Herz aus und hinterher ging es ihr immer besser. Nur reden konnte das Pony leider noch nicht. Was Tinka ihr wohl in Sachen Blake geraten hätte? Wie sollte Franzi herausfinden, ob sie mehr als nur eine gute Freundin für ihn war? Dass er heute vor der Schule auf sie gewartet hatte, war jedenfalls ein gutes Zeichen. Sollte sie ihm endlich ihre Gefühle gestehen? Nur so konnte sie Klarheit bekommen. Aber dieser Schritt erforderte jede Menge Mut …

»Vorsicht!«

Ein Fahrrad sauste auf Franzi zu. In letzter Sekunde wich sie aus. Der Apfel fiel ihr aus der Hand und kullerte über die Steine. Das Fahrrad schlitterte ein Stück weiter und kam zum Stehen.

»Hast du Tomaten auf den Augen?«, rief Franzis ältere Schwester Chrissie ärgerlich und sprang vom Rad.

»Sorry, hab dich nicht gesehen.« Franzi hob den Apfel auf und warf ihn auf die Weide. Tinka trabte neugierig zu dem Leckerbissen hinüber und verspeiste ihn genüsslich.

»Du und deine blöden Inliner«, schimpfte Chrissie. »Das ist ja lebensgefährlich! Pass gefälligst besser auf, wenn du mit den Dingern unterwegs bist.«

Franzi nickte nur. Normalerweise hätte sie sich jetzt ein heftiges Wortgefecht mit ihrer Schwester geliefert, aber heute hatte sie keine Lust auf Streit.

»Alles in Ordnung?«, fragte Chrissie.

»Klar, warum nicht?«

»Du bist so still. Sonst flippst du doch immer gleich aus, wenn jemand deine Rollschuh-Fahrkünste kritisiert.«

»Das sind keine Rollschuhe, sondern Inliner«, korrigierte Franzi automatisch. Sie wich dem aufmerksamen Blick ihrer Schwester aus.

»Irgendetwas stimmt nicht mit dir«, stellte Chrissie fest. Sie und Franzi stritten sich zwar oft, aber sie kannten einander auch ziemlich gut. »Bist du etwa verliebt?«

Franzi wurde rot. So ein Mist! Heute blieb ihr aber auch nichts erspart.

»Wusste ich's doch«, rief Chrissie triumphierend. »Wer ist denn der Glückliche? Kenne ich ihn? Wie lange seid ihr schon zusammen?«

Franzi schluckte. Zu ihrem Ärger stiegen ihr plötzlich Tränen in die Augen. Je mehr sie versuchte, sie hinunterzuschlucken, desto schlimmer wurde es. Schon kullerte die erste Träne über ihre Wange.

»Oje, Liebeskummer!« Rasch stellte Chrissie ihr Fahrrad ab und nahm Franzi in die Arme. Sie zog ihre Schwester auf die Holzbank, die vor dem Haus in der Sonne stand und nahm neben ihr Platz. »Willst du mir nicht sagen, was los ist?«

Stockend begann Franzi zu erzählen. Nach einer Weile flossen die Worte wie von selbst aus ihrem Mund. Es tat gut, all die widersprüchlichen Gefühle einmal auszusprechen. Chrissie unterbrach sie kein einziges Mal. »Und jetzt weiß ich nicht, was ich machen soll«, schloss Franzi. »Soll ich ihm meine Gefühle gestehen oder lieber weiter die gute Freundin spielen?«

»Tja, das ist in der Tat eine schwierige Frage«, stellte Chrissie fest. »Umso besser, dass du dich jemandem anvertraut hast, der jede Menge Erfahrung mit solchen Dingen hat.«

Franzi wischte sich über das Gesicht. Ihre Tränen waren versiegt und sie fragte sich, ob es wirklich eine gute Idee gewesen war, Chrissie von ihrem Liebeskummer zu erzählen. Nur weil ihre Schwester drei Jahre älter war, brauchte sie sich noch lange nicht als erfahrene Beziehungsratgeberin aufzuspielen. Zumal ihre eigenen Beziehungen selten länger als ein paar Wochen hielten.

»Eigentlich muss ich jetzt auch los«, murmelte Franzi, aber so leicht ließ sich Chrissie nicht abwimmeln.

»Einen Moment noch! Erst gebe ich dir einen wichtigen Rat, den du unbedingt beherzigen solltest.« Sie machte eine spannungsgeladene Pause. »Wenn du einen Jungen für dich interessieren willst, musst du ihn eifersüchtig machen. Das klappt immer!«

Franzi verdrehte die Augen. »Die Masche ist doch uralt.«

»Na und?« Chrissie grinste. »Hauptsache, sie funktioniert.«

»Ich halte aber nichts von diesen blöden Spielchen. Wenn ich einen Jungen erst manipulieren muss, damit er mich mag, ist er nicht der Richtige für mich.«

»Was heißt hier manipulieren?« Chrissie zog die Augenbrauen hoch. »Es handelt sich lediglich um einen klitzekleinen Test. Hat dein Märchenprinz echte Gefühle für dich, wird er um dich kämpfen. Oder andersherum gesagt: Wenn es ihm egal ist, dass du mit einem anderen flirtest, solltest du ihn lieber vergessen.«

»Sorry, aber das ist nichts für mich.« Franzi rutschte von der Bank. »Ich bin eher der direkte Typ.«

»Wie du meinst. Ich hab es ja nur gut gemeint.«

»Weiß ich doch«, lenkte Franzi ein. »Danke für den Rat,

Schwesterherz. Jetzt muss ich aber wirklich los, sonst komme ich zu spät.« Sie skatete über den Hof.
»Viel Glück!«, rief Chrissie ihr nach.
Während Franzi das Tempo langsam steigerte, lächelte sie in sich hinein. Chrissie raubte ihr zwar oft den letzten Nerv, aber manchmal war es doch ganz nett, eine große Schwester zu haben.

Um kurz vor vier erreichte Franzi den Skatepark. Neben der großen Bowl legte sie eine Vollbremsung hin.
»Geschafft«, murmelte sie. »Gerade noch rechtzeitig.« Sie nahm den Helm ab und wischte sich ein paar Schweißperlen von der Stirn. Normalerweise kam Franzi nicht so leicht ins Schwitzen, aber heute hatte sie vor lauter Eile glatt einen neuen Geschwindigkeitsrekord aufgestellt.
In der Bowl war eine Menge los. Zwischen Skateboardern, Inlinern und BMX-Fahrern düsten ein paar Teilnehmer des Workshops herum und probierten die Tricks aus, die Lars ihnen beim letzten Mal gezeigt hatte. Benjamin fuhr gerade die Rampe hinauf, machte einen Turn und rollte wieder zurück. Samuel und Mira kurvten über die bauchigen Wände. Franzi entdeckte ihre Skaterkumpel Benni und Leonhard. Sie standen am Rand und beobachteten die Rollstuhlfahrer mit skeptischem Blick. Franzi winkte den Jungs zu und sie rollten auf ihren Inlinern zu ihr.
»Hey, Franzi, lange nicht gesehen«, begrüßte sie Benni. »Schön, dass du dich auch mal wieder blicken lässt.«
»Ich mache beim Chairskating-Workshop mit«, erklärte Franzi.

»Was für ein Workshop?« Leonhard runzelte die Stirn.
»Chairskating«, wiederholte Franzi. »Skaten im Rollstuhl.«
»Kann man im Rollstuhl überhaupt skaten?«, fragte Benni.
»Klar.« Franzi nickte zu Lars hinüber, der gerade einen besonders gewagten Turn ausführte.
»Cool«, gab Benni zu.
»Wir sehen uns später, okay?«, sagte Franzi. »Der Workshop geht gleich los.«
Sie hielt nach Blake Ausschau. Er saß etwas abseits und war in ein Gespräch mit Charlie vertieft. Die beiden legten gerade ihre Schutzkleidung an. Franzi setzte ihren Helm wieder auf und fuhr zu ihnen hinüber. Ehe die zwei sie bemerkten, hörte Franzi ihren Namen. Instinktiv bremste sie und suchte hinter einem Baum Deckung.
»Sag mal, du und diese Franzi«, begann Charlie, »seid ihr eigentlich zusammen?«
Franzi krallte die Finger in die Baumrinde und wartete atemlos auf Blakes Antwort.
Blake zog den Gurt an seinem Helm fest. Er schüttelte langsam den Kopf. »Nein, Franzi ist nur eine gute Freundin …«
Den Rest der Unterhaltung bekam Franzi nicht mehr mit, weil Blake und Charlie zur Bowl rollten. Aber sie hatte sowieso genug gehört. Blakes Worte waren wie ein Schlag in den Magen. Sie rang nach Luft, vor ihren Augen drehte sich alles und ihre Beine gaben beinahe nach. Am liebsten hätte sie sich einfach in Luft aufgelöst.

Ein Kuss mit Folgen

»Auf geht's, Leute, wir legen los!« Lars' Stimme drang wie durch eine dicke Schicht Watte an Franzis Ohren. Sie wischte sich über das Gesicht und versuchte, ruhig und regelmäßig zu atmen.

Mach jetzt nicht schlapp, Franzi! Du schaffst das!

Doch als sie einen Blick zur Bowl hinüberwarf, wusste sie, dass sie es nicht schaffen würde. Blake und Charlie düsten ausgelassen über die Rampen und feuerten sich gegenseitig an. Sie schienen jede Menge Spaß zu haben. Franzi schloss einen Moment die Augen. Sollte Blake doch mit dieser Charlie glücklich werden, sie wollte ihn sowieso nie wiedersehen! Und auf den Workshop hatte sie auch keine Lust mehr. Sie konnte jetzt nicht so tun, als sei nichts gewesen, und fröhlich irgendwelche Turns trainieren. Sie wollte nur noch weg.

Franzi stieß sich vom Baumstamm ab und verließ die Deckung. Doch als sie gerade unauffällig verschwinden wollte, winkte Blake ihr zu.

»Hey, Franzi! Hier sind wir!«

»Mist!« Franzi war einen Moment abgelenkt, ihre Inliner verkanteten sich und sie verlor das Gleichgewicht.

»Vorsicht!« Leonhard sauste herbei und fing sie auf. »Das war knapp.« Sein Gesicht war ganz nah. Franzi konnte die Sommersprossen auf seiner Nase zählen. Plötzlich fiel ihr Chrissies Rat wieder ein. Spontan schlang sie die Arme um Leonhards Hals und drückte ihm einen Kuss auf die Lippen. Leonhard schnappte überrascht nach Luft. Aus den Augenwinkeln beobachtete Franzi, wie Blake erstarrte. Er sah einen Moment ungläubig zu ihr hinüber, dann wandte er sich abrupt ab und rollte zu Lars und den anderen Workshop-Teilnehmern. Franzi löste sich von Leonhard.

»Was war das denn?«, fragte er verdutzt.

Franzi zuckte mit den Schultern. »Sorry, aber mir war gerade danach.«

Leonhard lief rot an und grinste. »Kein Problem, von mir aus jederzeit wieder.«

Franzi lächelte matt. »Ein andermal vielleicht. Ich muss jetzt los.«

»Du bist doch gerade erst gekommen«, protestierte Leonhard. »Und was ist mit dem Workshop?«

»Keine Lust mehr. Außerdem muss ich noch Mathe lernen.« Franzi ließ Leonhard stehen und rollte auf wackligen Beinen davon. Der Workshop hatte inzwischen begonnen. Blake sauste in einem Mordstempo durch die Bowl und würdigte Franzi keines Blickes mehr. Franzi schluckte. Sie hatte das ungute Gefühl, dass diese Aktion voll nach hinten losgegangen war.

»Dort drüben ist er!« Kim marschierte zielstrebig über den Bahnhofsvorplatz. Franzi und Marie folgten ihr. Neben dem Haupteingang parkten in einer langen Schlange jede Menge Taxis und warteten auf Kundschaft. Am dritten Wagen von vorn lehnte Tillmann Reuters, Cedrics Onkel, und unterhielt sich mit einem Kollegen.

Die drei !!! hatten noch mal in der Zentrale angerufen und sich erkundigt, wo sie Herrn Reuters und sein Taxi heute finden konnten. Die freundliche Dame am Telefon hatte ihnen geraten, beim Bahnhof vorbeizuschauen.

»Herr Reuters?«, fragte Kim. »Können wir Sie kurz sprechen?«

»Klar.« Cedrics Onkel nickte seinem Kollegen zu, der wieder zu seinem Taxi zurückkehrte. »Was gibt's denn?« Er sah die drei !!! freundlich an.

»Wir sind Detektivinnen und hätten ein paar Fragen an Sie.« Marie reichte ihm die Visitenkarte des Clubs.

Tillmann Reuters studierte sie gründlich. Wenn er überrascht war, ließ er es sich nicht anmerken. »Ich hab noch nie echte Detektivinnen getroffen.« Er steckte die Karte ein. »Das ist ja toll! Wie kann ich euch helfen?«

»Kennen Sie Henning Carstens?«, fragte Franzi.

»Natürlich! Henning ist ein alter Freund von mir. Wieso?«

»Wir ermitteln gerade in einem Fall, in dem Herr Carstens eine Rolle spielt. Wir wüssten gern, woher Sie sich kennen.«

»Henning und ich haben gemeinsam Mathematik studiert und mit einem Kumpel in einer WG gewohnt«, erzählte Cedrics Onkel bereitwillig. »Während des Studiums waren wir eng befreundet, haben viel gelernt und noch mehr gefeiert.« Er grinste.

»Sie haben Mathematik studiert?«, fragte Marie überrascht.

»Das sieht man mir gar nicht an, was?« Tillmann Reuters lachte. »Eigentlich wollte ich Lehrer werden. Aber während des Referendariats habe ich schnell gemerkt, dass der Job nichts für mich ist. Deshalb hab ich die Lehrerausbildung geschmissen und versucht, in der freien Wirtschaft unterzukommen. Doch das ist als Mathematiker mit einem mittelmäßigen Examen gar nicht so leicht. Schließlich hab ich meinen Studentenjob zum Beruf gemacht.« Er klopfte auf die Motorhaube seines Taxis. »Taxifahren ist nicht der schlechteste Broterwerb. Man hat flexible Arbeitszeiten und lernt unheimlich viele Menschen kennen.«

»Haben Sie noch Kontakt zu Herrn Carstens?«, erkundigte sich Kim.

»Nein, leider nicht. Wir haben uns nach dem Studium aus den Augen verloren. Ich hab ihn seit Jahren nicht gesehen.«

»Wissen Sie, dass er seit einiger Zeit an der Schule Ihres Neffen unterrichtet?«, fragte Marie.

»An Cedrics Schule? Nein, das wusste ich nicht. So ein Zufall!«

»Ja, nicht wahr?« Franzi ließ Cedrics Onkel nicht aus den Augen. Er wich ihrem Blick aus und trommelte mit den Fingern nervös auf der Motorhaube. Franzi war sich sicher, dass er nicht die ganze Wahrheit sagte. Ehe sie nachhaken konnte, näherte sich ein Mann in Anzug und Krawatte dem Taxi. Er zog einen silbernen Rollkoffer hinter sich her.

»Zum Flughafen, bitte! So schnell wie möglich, ich verpasse sonst meinen Flieger!«

»Alles klar.« Tillmann Reuters öffnete den Kofferraum und nickte den Detektivinnen zu. »Tut mir leid, die Pflicht ruft. War nett, mit euch zu plaudern.« Er lud den Koffer ein, während der Fahrgast ins Taxi stieg, und fuhr mit quietschenden Reifen davon.

»Ein netter Typ«, stellte Marie fest.

»Ja, aber er hat uns irgendetwas verschwiegen«, sagte Franzi.

»Kam mir auch so vor.« Kim machte ein nachdenkliches Gesicht. »Die Frage ist nur, was.« Sie seufzte. »Ich brauche drin-

gend eine Extraportion Zucker, sonst kann ich nicht klar denken.«
»Wie wär's mit einem Eis?«, schlug Marie vor.
»Gute Idee.« Kims Miene hellte sich auf. »Auf zur Eisdiele!«

Eine Viertelstunde später saßen die Detektivinnen auf einer Bank im Jakobipark und leckten genüsslich an ihren Eiswaffeln.
»Herrlich!«, schwärmte Kim. »Ich liebe Schoko-Eis.«
Sie klang so begeistert, dass Franzi lachen musste. Kim liebte alles, was süß war. Mit einer Tafel Schokolade, einem Muffin oder einer Tüte Gummibärchen konnte man sie richtig glücklich machen.
»Wie geht es denn jetzt mit den Ermittlungen weiter?«, fragte Marie und kam damit auf das eigentliche Thema zurück.
»Wir sollten Felix und Cedric endlich in die Zange nehmen«, sagte Franzi.
»Gute Idee«, nuschelte Kim mit vollem Mund. »Inzwischen haben wir genug Informationen, um uns die beiden vorzuknöpfen. Wie wär's gleich Montag nach der Schule?«
»Okay.« Marie nahm einen Bissen von ihrer Waffel. »Ich komme nach der letzten Stunde zu euch.« Sie besuchte nicht die Georg-Lichtenberg-Gesamtschule wie ihre Freundinnen, sondern ging aufs Heinrich-Heine-Gymnasium.
»Prima!« Kim leckte an ihrem Eis. »Habt ihr am Wochenende schon was vor? Wie wär's mit einem Ausflug zum Waldschwimmbad oder zum Badesee? Was meint ihr?«
Franzi verzog das Gesicht. »Ohne mich. Ich muss Mathe lernen.«

»Du Arme!« Marie sah Franzi mitfühlend an. »Es sollte verboten werden, so kurz vor den Ferien noch Arbeiten schreiben zu lassen.«
»Finde ich auch.« Franzis Handy piepste und sie zog es aus der Tasche.
»Eine SMS von Blake?«, erkundigte sich Kim.
Franzi warf einen schnellen Blick auf das Display und schüttelte den Kopf. »Nein, von Leonhard.«
Seit dem kleinen Zwischenfall am Mittwoch schickte Leonhard ihr täglich mehrere SMS voller Herzchen und zwinkernder Smileys. Ständig wollte er wissen, wann sie mal wieder in den Skatepark kam. Dieses Mal hatte er geschrieben:

Hallo Franzi! Wie wär's mit Kino heute Abend? Würde dich gern wiedersehen ☺. Bitte melde dich! Leo ♥♥♥

»Leonhard?« Marie zog eine Augenbraue hoch. »Was will der denn?«
»Mit mir ins Kino gehen.« Franzi steckte das Handy weg. Auf die SMS konnte sie auch später noch antworten.
»Wieso?« Jetzt war auch Kims Neugier geweckt. »Ihr hattet doch in letzter Zeit gar nicht mehr so viel miteinander zu tun.«
»Na ja …« Franzi zögerte. »Wir haben uns vorgestern zufällig im Skatepark getroffen und da …« Sie verstummte. Eigentlich hatte sie keine große Lust, ihren Freundinnen von der peinlichen Kuss-Aktion zu erzählen. Am liebsten hätte sie die Sache einfach vergessen.
»Was?«, hakte Marie nach.

Franzi gab sich einen Ruck. »Da hab ich Leonhard geküsst.«
»WAAAS?«, riefen Kim und Marie gleichzeitig. Sie machten so ungläubige Gesichter, dass Franzi unwillkürlich kichern musste.
Kim hatte sich als Erste wieder gefangen. »Warum in aller Welt hast du das gemacht? Ich dachte, du bist in Blake verliebt!«
Franzi seufzte. »Bin ich auch. Aber für Blake bin ich nur eine gute Freundin, mehr nicht. Ich hab mit eigenen Ohren gehört, wie er es zu Charlie gesagt hat.«
»Moment mal«, unterbrach sie Marie. »Blake hat mit dieser Charlie über dich geredet, während du dabei warst?«
»Nein, natürlich nicht. Ich hab das Gespräch zufällig mitbekommen. Blake und Charlie haben mich nicht gesehen. Danach war ich völlig fertig und wollte nur noch weg.« Franzi erzählte von ihrem Beinahe-Sturz, Leonhards heldenhaftem Einsatz und dem spontanen Kuss.
»Das ist ja wie im Film«, sagte Kim.
»Bloß dass ich leider den Falschen geküsst habe. Ich glaube, Blake fand die Aktion nicht so toll.«
»Wie hat er reagiert?«, fragte Marie gespannt.
»Er hat mich ganz komisch angesehen und anschließend ignoriert.« Franzis Herz zog sich zusammen. »Seitdem hat er sich nicht mehr gemeldet. Keine Anrufe, keine SMS, nichts. Totale Funkstille. Ich bin ihm offenbar komplett egal.«
»Das tut mir so leid für dich.« Kim legte den Arm um ihre Freundin.
»Dafür bombardiert mich Leonhard rund um die Uhr mit Nachrichten. Ich weiß echt nicht mehr, wie ich ihn abwim-

meln soll.« Franzis schlechtes Gewissen meldete sich. »Es war nicht gerade fair von mir, ihn zu benutzen, um Blake zu testen. Kein Wunder, dass er sich jetzt Hoffnungen macht.«

»War er nicht schon mal in dich verliebt?«, fragte Marie.

Franzi nickte. »Aber das ist ewig her.«

»Offenbar sind seine alten Gefühle durch den Kuss wieder aufgeflammt.« Marie steckte sich den Rest ihrer Waffel in den Mund.

»Du solltest das unbedingt mit Leonhard klären«, riet Kim. »Je eher, desto besser.«

»Aber was soll ich ihm denn sagen?«

»Am besten die Wahrheit, auch wenn's wehtut.« Kim drückte aufmunternd Franzis Schulter. »Du schaffst das schon.«

Der Gedanke an ein klärendes Gespräch mit Leonhard behagte Franzi nicht sonderlich, aber sie sah ein, dass kein Weg daran vorbeiführte. Sie hatte einen Fehler gemacht und musste dafür geradestehen. Hätte sie nur nicht auf Chrissie gehört! Ihre Beziehungstipps hatten alles nur noch schlimmer gemacht.

»Ob Blake schon mit dieser Charlie zusammen ist?« Franzi spürte einen Stich. »Die beiden haben sich gestern wieder super verstanden.«

»So schnell geht das bestimmt nicht«, meinte Marie.

»Und wenn schon, ist mir auch egal.« Leider konnte sich Franzi nichts vormachen. Es war ihr keineswegs egal, im Gegenteil. Die Vorstellung von Blake und Charlie als Paar tat unsagbar weh. Deshalb verdrängte sie den Gedanken schnell wieder und wechselte das Thema. »Wie laufen die Vorbereitungen fürs Grillfest?«

»Prima.« Kim grinste. »Mein Vater hat schon kiloweise Fleisch und Würstchen beim Metzger vorbestellt und Rezepte für Dips, Fruchtbowle und verschiedene Salate aus dem Internet rausgesucht. Deine Mutter backt übrigens Kuchen und Gebäck für das Buffet.«

»Stimmt, das hat sie erzählt«, bestätigte Franzi. »Eigentlich war sie schon ausgebucht, aber für deine Eltern macht sie eine Ausnahme.«

»Das ist echt nett von ihr.« Kim hatte ihr Eis aufgegessen und leckte sich die klebrigen Finger ab. »Ich freue mich schon total auf das Fest. Stellt euch vor, es haben fast alle Nachbarn zugesagt.«

»Super! Das wird bestimmt eine tolle Party.« Marie warf einen Blick auf ihre Armbanduhr. »Mist, ich muss los. Hab Tessa versprochen, heute Abend auf Finn aufzupassen. Sie geht zu einem Elternabend von Linas Schule.«

Marie lebte mit ihrem Vater, ihrer Stiefmutter Tessa, ihrem Halbbruder Finn und Tessas zwölfjähriger Tochter Lina in einer großen alten Villa im Ostviertel. Der kleine Finn war zweieinhalb Jahre alt und unglaublich süß. Marie liebte ihn über alles und auch Franzi und Kim spielten gerne mit ihm, wenn sie bei Marie waren.

»Ist Natascha nicht da?«, erkundigte sich Franzi. Eigentlich war das Au-pair-Mädchen der Grevenbroichs für Finns Betreuung zuständig. Natascha kam aus Russland und kümmerte sich rührend um den Kleinen.

»Sie hat heute Abend frei.« Marie erhob sich und zupfte ihre Bluse zurecht. »Hab ich euch eigentlich schon erzählt, dass Natascha bald weggeht?«

»Was? Warum denn?«, fragte Kim. »Fühlt sie sich nicht mehr wohl bei euch?«

»Doch, natürlich, sie gehört ja schon richtig zur Familie. Darum ist es auch so traurig, dass sie geht.« Marie seufzte. »Natascha möchte Pädagogik studieren und später mit Kindern arbeiten. Sie hat sich für einen Studienplatz an verschiedenen Unis beworben. Sobald sie eine Zusage bekommt, ist sie weg.«

»Wie schade«, sagte Franzi. »Aber Pädagogik ist bestimmt das Richtige für sie. Natascha kann total gut mit Kindern umgehen.«

»Das stimmt.« Marie nickte. »Jedenfalls müssen wir uns bald nach einem Ersatz umsehen. Ich hab vorgeschlagen, ein männliches Au-pair zu suchen. Wäre doch mal was anderes, oder?«

»Was haben dein Vater und Tessa dazu gesagt?«, fragte Kim.

»Tessa war Feuer und Flamme, aber Papa hat ziemlich skeptisch reagiert.« Marie rollte mit den Augen. »Manchmal ist er leider etwas altmodisch. Naja, Tessa und ich werden ihn schon noch überzeugen.«

»Viel Erfolg«, wünschte Franzi. »Ich muss auch los.« Sie stand auf. »Habt ein schönes Wochenende, ihr beiden. Bis Montag!«

Liebeskummer hoch zwei

Auf dem Heimweg radelte Franzi gemächlich durch die sommerliche Stadt. Sie versuchte, weder an Blake noch an Leonhard zu denken, sondern einfach den schönen Abend zu genießen. Die Luft war wie aus Samt, das Wochenende stand vor der Tür und alle schienen blendende Laune zu haben. Aus einem vorbeifahrenden Auto dröhnte der aktuelle Sommerhit und vor einem italienischen Restaurant saßen die Menschen an der Straße und ließen sich Pizza und Pasta schmecken.

Franzi hielt neben dem Restaurant an einer roten Ampel. Der Kellner schenkte an einem Tisch Wein nach und unterhielt sich mit seinen Gästen auf Italienisch. Es war fast wie im Urlaub …

In diesem Moment bemerkte Franzi eine Rollstuhlfahrerin, die vor ihr die Straße überquerte. Es war Charlie! Franzi zuckte zusammen. Von allen Bewohnern der Stadt war Charlie so ziemlich die letzte, die sie gerade treffen wollte. Schnell setzte sie ihre Sonnenbrille auf und sah in die andere Richtung. Mit etwas Glück würde Charlie einfach an ihr vorbeifahren.

Doch leider kam es anders.

»Hallo, Franzi!« Charlie hielt neben ihr auf dem Bürgersteig. »Was machst du denn hier?«

»Bin auf dem Heimweg.« Franzi hatte nicht die geringste Lust auf eine Unterhaltung, aber das schien Charlie nicht zu merken.

»Ich treffe mich gleich mit Blake«, plauderte sie drauflos. »Wir wollen essen gehen.« Sie nickte zu dem Italiener hinüber.

Franzi biss die Zähne zusammen. Ihr wurde abwechselnd heiß und kalt. Charlie und Blake hatten eine Verabredung! Sie gingen zusammen essen! Also lief tatsächlich etwas zwischen ihnen.

»Viel Spaß«, wünschte Franzi mit eisiger Stimme.

»Danke, den werden wir bestimmt haben. Blake ist so ein netter Typ. Aber das weißt du ja. Er hat einen super Humor, findest du nicht? Wir haben uns in letzter Zeit ein paar Mal gesehen und über seine Witze könnte ich mich jedes Mal wieder totlachen.«

Franzis Kiefer knackte. Dies war also nicht Blakes und Charlies erstes Date! Sie hatten sich schon häufiger getroffen. Und garantiert nicht nur zum Chairskaten …

»Warum bist du am Mittwoch eigentlich so plötzlich aus dem Skatepark verschwunden?« Charlie sah Franzi direkt an. Ihre dunklen Haare glänzten in der Sonne. Sie trug ein schlichtes gelbes Sommerkleid, das toll zu ihrer gebräunten Haut passte. »Hattest du Streit mit Blake?«

»Das geht dich gar nichts an«, antwortete Franzi ruppig. Sie musste hier weg, und zwar schnell. Blake konnte jeden Moment auftauchen und sie würde es nicht ertragen, ihn und Charlie zusammen zu sehen. Zum Glück sprang die Ampel in diesem Moment auf Grün. »Bis dann.«

Franzi trat in die Pedale und raste los, ohne sich noch einmal umzudrehen. Sie wollte jetzt nur noch eins: zu Hause in ihr Bett kriechen und sich die Decke über den Kopf ziehen. Sie hatte Blake endgültig verloren und diese Erkenntnis brach ihr fast das Herz.

Am Wochenende versuchte Franzi, sich mit einem langen Ausritt auf Tinka, Stallausmisten und zwei ausgiebigen Joggingrunden von ihrem Liebeskummer abzulenken. Selbst das Büffeln für die Mathearbeit war besser, als an Blake und Charlie zu denken.
Am Sonntagnachmittag fasste sich Franzi ein Herz und verabredete sich mit Leonhard im Skatepark. Seine Nachrichten waren in den letzten Tagen immer verzweifelter geworden. Es war höchste Zeit für ein klärendes Gespräch.
Leonhard wartete bereits neben der Bowl. Seine Augen begannen zu leuchten, als er Franzi kommen sah. »Hey, Franzi! Schön, dass du da bist.« Er zog eine weiße Rose hinter seinem Rücken hervor. »Für dich!«
»Danke.« Franzi nahm die Rose und betrachtete die zarten Blütenblätter. Wie sollte sie Leonhard die Wahrheit sagen, ohne ihn zu verletzen? Am liebsten hätte sie die Zeit zurückgedreht und den Kuss ungeschehen gemacht. Aber das ging leider nicht. Sie hatte sich die Suppe eingebrockt, jetzt musste sie sie auch auslöffeln. Franzi holte tief Luft. »Ich muss mit dir reden, Leonhard.«
»Was gibt's denn?« Leonhards Stimme klang so hoffnungsvoll, dass Franzis schlechtes Gewissen ins Unermessliche wuchs.
»Hör mal … dieser Kuss neulich …« Franzi zögerte und ärgerte sich gleichzeitig über sich selbst. So wurde es für Leonhard nur noch schlimmer. »Der Kuss hatte nichts zu bedeu-

ten. Ich hab dich nur geküsst, um einen anderen Jungen eifersüchtig zu machen.«

»Was?« Leonhards Schultern sackten herab.

»Es tut mir wahnsinnig leid«, fügte Franzi schnell hinzu. »Ich weiß auch nicht, was in mich gefahren ist. Mein Verhalten war total unfair und ich hoffe, du kannst mir irgendwann verzeihen.«

Leonhard schüttelte langsam den Kopf. »Das muss ich erst mal verdauen.«

»Ich kann gut verstehen, wenn du nichts mehr mit mir zu tun haben willst.« Franzi wollte Leonhard die Rose zurückgeben, aber er winkte ab.

»Die kannst du behalten.«

»Du triffst bestimmt bald eine andere, mit der du glücklich wirst.«

Leonhard sah Franzi traurig an. »Ich dachte, ich hätte sie schon getroffen.« Er schwieg einen Moment. »Hat es denn wenigstens geklappt?«

»Was?«, fragte Franzi verwirrt.

»Das mit der Eifersucht.«

Franzi seufzte. »Nein. Hat es nicht.«

»Schade. Dann wäre die Aktion zumindest für etwas gut gewesen.« Leonhard nickte Franzi zu. »Mach's gut.«

Franzi hätte gerne noch etwas Tröstliches gesagt, aber ihr fiel nichts ein. Das Schlimme war, dass sie genau wusste, wie Leonhard sich fühlte. Wenn man in jemanden verliebt war, der nichts von einem wissen wollte, gab es keinen Trost. Man musste den Schmerz einfach aushalten und hoffen, dass er irgendwann nachließ.

Am Montag freute sich Franzi fast auf die Schule. Der Unterricht war eine willkommene Ablenkung von ihren trüben Gedanken. Außerdem stand heute die Befragung von Cedric und Felix an. Mit etwas Glück würden sie endlich erfahren, was die Jungs im Schilde führten.

Nach der letzten Stunde folgte Franzi den Verdächtigen nach draußen. Dort wartete Kim bereits neben den Blumenkübeln, die den Schulhof verschönern sollten.

»Wo steckt Marie?« Franzi sah sich suchend um.

»Sie kommt bestimmt gleich.« Kim ließ Felix und Cedric nicht aus den Augen. Die beiden standen ein paar Meter weiter und quatschten mit zwei Jungs aus der Parallelklasse.

In diesem Moment bog Marie um die Ecke. Rasch stellte sie ihr Fahrrad ab und kam auf Kim und Franzi zu. Gleichzeitig verabschiedeten sich Felix und Cedric von ihren Kumpels und schlenderten über den Schulhof davon.

»Perfektes Timing«, stellte Franzi fest. »Hinterher! Jetzt schnappen wir sie uns.«

Felix und Cedric liefen zum Lehrerparkplatz und postierten sich neben einem dunkelblauen Kleinwagen. Sie schienen auf jemanden zu warten. Die Detektivinnen suchten hinter einem roten Volvo Deckung. Wenige Minuten später tauchte Henning Carstens auf und steuerte auf das blaue Auto zu. Er trug einen Trainingsanzug und hatte seine Sporttasche dabei. Als er Felix und Cedric erblickte, stutzte er kurz. Dann ging er weiter und zog seinen Schlüsselbund aus der Hosentasche.

»Was wollt ihr?«, fragte er die Jungs unwirsch, während er seinen Wagen aufschloss.

»Das wissen Sie ganz genau«, sagte Felix.
»Ihr habt bekommen, wonach ihr verlangt hattet.« Herr Carstens warf seine Sporttasche auf den Beifahrersitz. »Ich habe mich an unsere Vereinbarung gehalten, jetzt lasst mich endlich in Ruhe.«
»Der Umschlag ist weg«, sagte Cedric. »Irgendjemand hat ihn geklaut.«
»Das ist nicht mein Problem.« Herr Carstens wollte in seinen Wagen steigen, aber Felix hielt ihn am Arm fest.
»Wir können jederzeit zur Schulleitung gehen und Ihr kleines Geheimnis ausplaudern«, drohte er.
»Und das werden wir auch tun, wenn Sie uns hängen lassen«, fügte Cedric hinzu. »Morgen schreiben wir die Mathearbeit, es bleibt also nicht mehr viel Zeit. Machen Sie jetzt bloß keinen Fehler!«
Herr Carstens schüttelte Felix' Hand ab. »Den Fehler habe ich schon vor vielen Jahren gemacht. Ich hätte mich niemals auf diese Sache einlassen dürfen. Von mir bekommt ihr gar nichts mehr, verstanden?«
»Das können Sie nicht machen!« Wütend packte Cedric Herrn Carstens an der Trainingsjacke.
»Lass mich sofort los, sonst kannst du was erleben.« Die Stimme des Lehrers klang gefährlich ruhig. Er ballte die Fäuste.
»Wir müssen etwas tun«, zischte Franzi. »Sonst gibt es gleich eine Prügelei.«
Kim nickte. »Zugriff!«
Die drei !!! sprangen aus ihrem Versteck.
»Auseinander!«, rief Franzi. »Sofort!«

Völlig überrumpelt ließ Cedric den Lehrer los und trat einen Schritt zurück.

»Was soll das?« Felix sah verblüfft von Franzi zu Kim. Sein Blick blieb an Marie hängen.

»Tja, so sieht man sich wieder.« Marie lächelte ihm zu. »Leider hab ich auch heute keine Zeit, um mit euch eine Cola zu trinken. Sorry!«

»Aber was … wieso …«, stammelte Cedric.

»Wir sind Detektivinnen«, erklärte Kim. »Und wir haben euch schon länger im Visier.«

»Was wird hier gespielt?«, fragte Marie.

»Warum?« Felix machte ein unschuldiges Gesicht. »Wir haben uns nur ein bisschen mit Herrn Carstens unterhalten.«

»Ganz freundschaftlich natürlich«, fügte Cedric hinzu.

Herr Carstens nestelte schweigend am Reißverschluss seiner Jacke.

»Schon klar.« Franzi schnaubte ärgerlich. »Für wie blöd haltet ihr uns eigentlich?«

»Ihr erpresst Herrn Carstens«, stellte Marie fest. »Er hat euch am Freitag im Schnellrestaurant einen Umschlag übergeben, der euch aber leider gleich wieder gestohlen worden ist.«

Felix wurde blass. »Woher …«

»Woher wir das wissen?«, fragte Kim. »Wir haben euch die ganze Zeit beobachtet.«

Franzi ging immer noch im Kopf herum, was sie gerade gehört hatte. Plötzlich fiel bei ihr der Groschen. »Ich weiß es!«, rief sie. »Ich weiß jetzt, was in dem Umschlag war.« Sie schlug sich mit der flachen Hand gegen die Stirn. »Dass wir nicht schon viel eher darauf gekommen sind …«

Felix und Cedric wechselten einen alarmierten Blick.
»Was denn?«, fragte Marie. »Spuck's schon aus.«
»Die Lösungen für die Mathearbeit!« Franzi sah triumphierend zu Kim und Marie. »Die sind für die Jungs sogar noch wertvoller als Geld.«
Kim pfiff durch die Zähne. »Natürlich! Das ergibt Sinn.« Sie blickte zu Felix und Cedric. »Ihr wolltet eure Mathenoten aufpolieren. Gerade noch rechtzeitig vor den Zeugnissen, wie praktisch.«
»Deshalb brauchtet ihr auch keine Nachhilfe mehr«, stellte Marie fest. »Das sind also die sogenannten Beziehungen, mit denen ihr nach unserem kleinen Zusammenstoß geprahlt habt.«
Felix sackte in sich zusammen. »Die Nachhilfestunden waren total teuer und haben überhaupt nichts gebracht.«
»Felix und ich sind einfach absolute Nieten in Mathe«, fügte Cedric hinzu. »Wenn wir dieses Jahr wieder eine Fünf auf dem Zeugnis kriegen, bleiben wir garantiert sitzen.«
»Deshalb seid ihr auf die Idee mit der Erpressung gekommen«, sagte Marie.
Felix nickte. »Herr Carstens hatte uns gute mündliche Noten versprochen – und die Lösungen für die Mathearbeit.«
»Damit hätten wir morgen super punkten können und wären auf der sicheren Seite gewesen.« Cedric seufzte. »Daraus wird jetzt wohl nichts.«
»Nein, der Zug ist abgefahren.« Kim machte ein nachdenkliches Gesicht. »Eine wichtige Frage ist allerdings noch offen: Womit habt ihr Herrn Carstens erpresst?«

Geständnis eines Lehrers

Alle Blicke richteten sich auf Henning Carstens, doch der Lehrer schwieg hartnäckig. Seine Lippen waren zu einem schmalen Strich zusammengepresst.

»Dein Onkel kennt Herrn Carstens von früher, stimmt's, Cedric?«, fragte Franzi. »Die beiden haben zusammen studiert und in einer WG gewohnt. Sie waren gute Freunde.«

»Du hast irgendetwas von deinem Onkel erfahren, womit ihr Herrn Carstens erpressen konntet«, kombinierte Kim.

»Was hat dein Onkel dir erzählt?«, hakte Marie nach. »Welches Geheimnis hat er dir verraten?«

Bevor Cedric antworten konnte, öffnete Herr Carstens den Mund und begann zu sprechen. »Was soll's, jetzt kommt ja sowieso alles heraus. Ich kann euch genauso gut die ganze Geschichte erzählen.« Er stieß einen tiefen Seufzer aus. »Es war schon immer mein Traum, Lehrer zu werden. Als junger Mann steckte ich voller Idealismus. Ich hatte eine Mission: Ich wollte meine Schüler für die Welt der Zahlen begeistern.«

»Deshalb haben Sie Mathematik auf Lehramt studiert«, sagte Marie.

Herr Carstens nickte. »Anfangs lief alles prima. Das Studium hat mir viel Spaß gemacht und ich war ein guter und fleißiger Student. Gleich in der ersten Woche hab ich Tillmann Reuters bei einer Einführungsveranstaltung kennengelernt. Wir haben uns gemeinsam eine Wohnung gesucht und eine WG gegründet. Es war eine schöne Zeit. Wir haben viel gelernt …«

»… und noch mehr gefeiert«, vervollständigte Kim den Satz.
»Genau.« Die Erinnerungen an seine Studienzeit entlockten Herrn Carstens ein Lächeln, das jedoch sofort wieder erlosch. »Leider gab es ein Problem.«
»Was für ein Problem?«
»Ich litt unter Prüfungsangst. Je wichtiger die Prüfungen waren, desto heftiger wurde meine Angst. In den ersten Semestern kam ich noch einigermaßen zurecht, aber gegen Ende des Studiums wurde es immer schlimmer. Wenn ich eine Klausur schrieb oder ein Referat halten musste, bekam ich vorher regelrechte Panikattacken. Ich konnte nächtelang nicht schlafen, und wenn ich doch kurz einnickte, hatte ich Albträume und wachte schweißgebadet auf. In den Prüfungen hatte ich Blackouts und kriegte trotz exzellenter Vorbereitung schlechte Noten.«
»Wie furchtbar«, sagte Kim. »Das war bestimmt sehr frustrierend für Sie.«
»Es war eine große Belastung. Mir ging es immer schlechter. Für die Abschlussprüfungen habe ich wie ein Verrückter gelernt. Ich dachte, wenn ich den Stoff perfekt beherrsche, verschwindet die Angst.«
»Aber so war es nicht, oder?«
Herr Carstens schüttelte den Kopf. »In der Nacht vor der entscheidenden Prüfung habe ich kein Auge zugetan. Als ich am nächsten Morgen vor dem Aufgabenblatt saß, war ich so zittrig, dass ich kaum einen Stift halten konnte. Mein Kopf war wie leer gefegt. Ich wusste nichts mehr, gar nichts.«
»Sie sind durchgefallen, stimmt's?«, vermutete Franzi.
»Ja, ich bin durchs Examen gefallen.« Herrn Carstens' Stim-

me war jetzt sehr leise. »Das war der schlimmste Tag meines Lebens. Ich wusste, dass ich es nicht durchstehen würde, die Prüfung zu wiederholen. Mein Traum vom Lehrerberuf war geplatzt wie ein Luftballon. Die ganze Mühe war umsonst gewesen, all die unzähligen Stunden des Lernens und Arbeitens. Mein Leben war ein Scherbenhaufen. Ich habe mich wie ein totaler Versager gefühlt. Wie sollte ich das meinen Eltern erklären, die mir jahrelang das Studium finanziert hatten? Wie meinen Freunden? Ich sah keinen Ausweg mehr und war völlig verzweifelt.«

»Und was ist dann passiert?«

»Mein Freund Tillmann hat mir Hilfe angeboten. Er war der Einzige, der von meinen Problemen wusste. Und er hatte eine Lösung.«

»Was für eine Lösung?«, fragte Marie gespannt.

Herr Carstens zögerte. Dann gab er sich einen Ruck. »Er hat mir ein gefälschtes Examenszeugnis besorgt.«

Einen Moment herrschte ungläubiges Schweigen.

»Nein!« Franzi hatte mit allem Möglichen gerechnet, aber damit nicht. Auch Kim und Marie machten geschockte Gesichter.

»Ein gefälschtes Zeugnis?«, wiederholte Kim. »Woher hatte er das?«

Herr Carstens zuckte mit den Schultern. »Keine Ahnung. Tillmann kannte schon damals unglaublich viele Leute. Er hatte seine Kontakte. Ich wollte das auch lieber gar nicht so genau wissen. Tillmann hat alles organisiert. Ich musste ihm nur das Geld geben und er hat sich um den Rest gekümmert.«

»Und dann?«, fragte Marie.
»Ich hab mich mit dem falschen Zeugnis als Lehrer beworben.«
»Das hat geklappt? Einfach so?« Franzi konnte es kaum glauben. Herr Carstens war gar kein echter Lehrer, er war ein Betrüger!
»Ich war selbst überrascht, wie leicht es ging«, gab Herr Carstens zu. »Niemand hat die Echtheit des Dokuments infrage gestellt. Auf dem Zeugnis hatte ich sehr gute Noten, deshalb habe ich sofort eine Stelle bekommen. Mittlerweile arbeite ich schon seit zwanzig Jahren als Lehrer an verschiedenen Schulen. Dass ich den Beruf nur dank eines gefälschten Zeugnisses ausüben kann, habe ich irgendwann, so gut es ging, verdrängt.«
»Bis Cedric und Felix Sie wieder daran erinnert haben«, sagte Kim. »Wann war das genau?«
Herr Carstens verzog das Gesicht. »Die beiden haben mich vor ungefähr drei Monaten nach dem Unterricht abgepasst. Sie haben damit gedroht, mich bei der Schulleitung zu melden und mein Geheimnis auszuplaudern, wenn ich ihnen nicht zu guten Mathenoten verhelfe.«
»Eine ganz miese Erpressung.« Franzi warf Felix und Cedric einen verächtlichen Blick zu.
»Hat Tillmann Reuters euch von dem gefälschten Zeugnis erzählt?«, fragte Kim.
»Nein!« Cedric schüttelte heftig den Kopf. »Mein Onkel würde niemals einen Freund verraten.«
»Wie habt ihr dann davon erfahren?«, fragte Marie.
»Na ja …« Cedric kratzte sich am Kopf. »Onkel Tillmann

hat so seltsam reagiert, als ich zufällig den Namen unseres neuen Mathe- und Sportlehrers erwähnt habe. Das kam mir gleich komisch vor. Später hab ich heimlich ein Gespräch zwischen ihm und meinem Vater belauscht. Es ging um ein gefälschtes Zeugnis, das Onkel Tillmann seinem WG-Mitbewohner Henning besorgt hat. Den Rest hab ich mir selbst zusammengereimt. Papa wollte die Sache erst melden, aber dann hat er es sich anders überlegt. Ich schätze, er wollte seinen Bruder nicht in die Pfanne hauen. Schließlich hätte Onkel Tillmann auch Ärger bekommen, wenn die Angelegenheit ans Licht gekommen wäre.«

»Und dann hast du die ganze Geschichte deinem Kumpel Felix erzählt«, sagte Kim. »Ist ja auch eine echte Sensation, so ein falscher Lehrer an unserer Schule …«

»Aber statt Herrn Carstens auffliegen zu lassen, habt ihr beschlossen, euer Wissen für eure Zwecke zu nutzen und ihn zu erpressen«, schloss Marie.

»Euer Schweigen gegen gute Mathenoten«, sagte Kim. »Fast hätte der Deal geklappt.«

»Leider seid ihr mit der Zeit etwas unvorsichtig geworden«, stellte Franzi fest. »Ihr habt euch in Herrn Carstens' Stunden so danebenbenommen, dass es nicht nur mir aufgefallen ist. Ihr habt euch wohl sehr sicher gefühlt, was?«

Cedric sah zu Boden. »Na ja, vielleicht haben wir es wirklich etwas übertrieben …«

»Ihr wusstet genau, dass ihr mich in der Hand habt, und habt das schamlos ausgenutzt«, stellte Herr Carstens fest. »Ehrlich gesagt bin ich richtig erleichtert, dass mein Geheimnis nun gelüftet ist. Die Situation war kaum noch zu ertragen. Der

Schwindel hat mich in den letzten Jahren zunehmend belastet, auch wenn ich versucht habe, ihn zu verdrängen. Nun kam noch die Erpressung hinzu. In den vergangenen Wochen konnte ich kaum schlafen und hatte ständig Migräne …«

»Was werden Sie jetzt tun?«, fragte Marie.

»Das, was ich schon längst hätte tun sollen.« Herr Carstens straffte die Schultern. »Ich werde mich selbst beim Schulleiter und der Polizei anzeigen. Dann hat der Spuk endlich ein Ende.«

Franzi seufzte. Herr Carstens war zwar auch ohne Examen ein richtig guter Lehrer, aber an einer Anzeige führte leider trotzdem kein Weg vorbei. Sie wandte sich an Cedric und Felix. »Für euch wird die Sache auch ein Nachspiel haben. Das ist euch hoffentlich klar, oder?«

Felix nickte. »Ich schätze, wir haben ziemlichen Mist gebaut.«

»Das kannst du laut sagen«, nickte Kim. »Jemanden zu erpressen ist echt mies.«

»Aber wer hat denn nun den Umschlag mit den Mathelösungen geklaut?«, fragte Cedric. »Wart ihr das?«

Die drei !!! wechselten einen betretenen Blick und schüttelten die Köpfe.

»Da gab es leider eine kleine Ermittlungspanne«, gab Kim zu. »Wir haben auch keine Ahnung, wer der Dieb ist.«

»Irgendjemand wusste, was in dem Umschlag war, und hat uns gelinkt«, sagte Felix.

»Es gibt also einen Trittbrettfahrer«, stellte Franzi fest. »Der Fall ist erst gelöst, wenn wir ihn geschnappt haben.« Sie wandte sich an Herrn Carstens. »Könnten Sie vielleicht bis

nach der Mathearbeit warten, bevor Sie mit Ihrem Geständnis zur Schulleitung gehen?«
»Warum?«, fragte der Lehrer überrascht.
»Wir müssen dem Dieb eine Falle stellen«, erklärte Franzi. »Und dazu brauchen wir Ihre Hilfe.«

Die Falle schnappt zu

»Ihr habt fünfundvierzig Minuten Zeit für die Klausur.« Herr Carstens teilte die Aufgabenblätter aus. Man merkte ihm nicht an, dass er am Vortag ein dramatisches Geständnis abgelegt hatte, das sein Leben völlig auf den Kopf stellen würde. Er wirkte wesentlich entspannter als in den vergangenen Wochen, beinahe gelöst. Offenbar hatte es ihm tatsächlich gutgetan, sich alles von der Seele zu reden und die Karten offen auf den Tisch zu legen. »Die Zeit läuft ab jetzt!« Der Lehrer nickte Franzi unauffällig zu.

Alle drehten gleichzeitig ihre Blätter um. Konzentrierte Stille legte sich über der Klasse. Franzi ließ ihre Mitschüler nicht aus den Augen. Verhielt sich jemand verdächtig? Würde der Trittbrettfahrer in die Falle tappen, die sie ihm gestellt hatten?

Einige stöhnten leise, während sie die Aufgaben überflogen, aber das war normal. Anna wirkte ziemlich angespannt und Murat hantierte mit einem Spickzettel unter seinem Tisch. Auch das war nichts Außergewöhnliches. Die meisten hatten inzwischen die Köpfe gesenkt und zu arbeiten begonnen. Franzis Blick blieb an Melina hängen, die zwei Plätze weiter rechts saß. Sie war kreidebleich und schnappte nach Luft.

»Alles in Ordnung?«, flüsterte Franzi.

Aber Melina antwortete nicht. Sie schien Franzi gar nicht zu hören. Mit zitternden Händen drehte sie das Blatt hin und her. »Das … das kann doch nicht sein …«, murmelte sie ungläubig. Plötzlich schossen Tränen in ihre Augen. Sie ließ das Blatt los, das lautlos zu Boden segelte, und begann heftig zu weinen. Ein paar Schüler hoben die Köpfe und sahen irritiert zu ihr hinüber.

»Melina, was ist denn los?«, fragte Anna besorgt.

Melina sprang so heftig auf, dass ihr Stuhl polternd umkippte, und rannte hinaus. Franzi folgte ihr. Unruhe breitete sich in der Klasse aus. Bevor Franzi die Tür hinter sich schloss, hörte sie Herrn Carstens sagen: »Arbeitet bitte weiter! Franzi wird sich um Melina kümmern.«

»Hiergeblieben!« Kim und Marie, die bereits auf dem Flur gewartet hatten, stellten sich Melina in den Weg, bevor sie die Flucht ergreifen konnte.

»Und?« Kim sah Franzi fragend an.

»Ich glaube, sie ist es.«

Die Tränen liefen immer noch über Melinas Wangen. »Was soll das?«, schluchzte sie. »Was wollt ihr von mir? Lasst mich in Ruhe, ich will allein sein.«

»Das geht leider nicht«, sagte Franzi. »Komm bitte mit, wir müssen mit dir reden.«

Die drei !!! führten Melina zum Gemeinschaftsraum, der während der Unterrichtszeit leer war. Hier konnten sie die Verdächtige ungestört befragen. Sie setzten sich an einen Tisch und Franzi reichte Melina ein Taschentuch.

»Danke.« Melina putzte sich die Nase. Ihre Augen waren vom Weinen ganz verquollen. Sie sah ziemlich fertig aus.

»Es war ein Schock für dich, als du die Aufgaben der Mathearbeit gesehen hast, stimmt's?«, fragte Franzi.

»Na ja …« Melina knetete das Taschentuch. »Ich hatte plötzlich einen Blackout. Da hab ich Panik bekommen …«

Die drei !!! wechselten einen Blick.
»Das glaube ich dir nicht«, sagte Franzi freundlich, aber bestimmt.
Melina schluckte. »Was? Warum nicht?«
»Weil wir einen anderen Verdacht haben«, erklärte Kim. »Du kanntest die Lösungen der Klassenarbeit schon vorher. Sie steckten in einem braunen DIN-A4-Umschlag.«
»Ich weiß nichts von einem Umschlag«, behauptete Melina.
»Oh doch«, sagte Marie. »Du hast ihn Cedric und Felix am Freitag gestohlen.«
»Nein, hab ich nicht!«, rief Melina. »Ich war Freitag überhaupt nicht in der Stadt. Ich war den ganzen Nachmittag zu Hause.«
»Woher weißt du, dass der Diebstahl in der Stadt passiert ist?«, fragte Franzi. »Davon war bisher gar nicht die Rede. Außerdem hast du den Nachmittag nicht zu Hause verbracht. Ich hab dich im Schnellrestaurant gesehen, schon vergessen?«
»Leugnen ist zwecklos«, sagte Kim. »Gib es endlich zu. Du bist die Trittbrettfahrerin!«
Melina biss sich auf die Unterlippe. Sie nickte. »Okay, ihr habt recht. Ich hab den Umschlag geklaut. Mit den Lösungen hätte ich eine super Arbeit schreiben können. Aber die Lösungen waren falsch! Sie passten überhaupt nicht zu den Aufgaben.«
»Kein Wunder.« Franzi konnte sich ein Grinsen nicht verkneifen. »Herr Carstens hat die Aufgaben kurzfristig mit denen für eine andere Klasse vertauscht.«
»Was?« Melina starrte sie verwirrt an. »Warum?«
»Weil wir ihn darum gebeten haben«, antwortete Kim.

»Ihr habt mir eine Falle gestellt?«, fragte Melina ungläubig.

Franzi nickte. »Und du hast dich durch deine Reaktion selbst enttarnt.«

»Ich hätte es wissen müssen.« Melina seufzte. »Ich kann so etwas einfach nicht. Ich hab nicht die Nerven für einen Betrug.«

»Das spricht doch nur für dich«, sagte Kim tröstend. »Aber woher wusstest du überhaupt von dem Umschlag?«

Melina rupfte geistesabwesend an ihrem Taschentuch. Kleine weiße Schnipsel rieselten wie Schneeflocken auf den abgenutzten Linoleumboden. »Ich war völlig verzweifelt wegen meiner schlechten Mathenote. Und ich hatte riesige Angst vor der Arbeit heute.«

»Stimmt, das hab ich mitbekommen.« Franzi nickte. »Nach der Besprechung der mündlichen Noten warst du total fertig und ich hab noch versucht, dich zu trösten.«

»Ich fand es so ungerecht, dass Cedric und Felix eine Drei bekommen haben und ich eine Fünf.« Melina knüllte das Taschentuch in ihrer geballten Faust zusammen. »Dann hast du so eine komische Bemerkung gemacht, die mir nicht mehr aus dem Kopf gegangen ist.«

»Ich?«, fragte Franzi überrascht. »Daran kann ich mich gar nicht erinnern.«

»Du sagtest, irgendetwas würde da nicht stimmen.« Melina schniefte. »Daran musste ich ständig denken. Ich hab angefangen, Felix und Cedric zu beobachten, um herauszufinden, warum sie trotz ihrer schlechten Mitarbeit so gute Noten bekommen haben. Irgendwann hab ich in der Pause zufällig mitgekriegt, dass sie etwas Wichtiges im Schnellrestaurant vorhaben. Also hab ich nachmittags dort auf sie gewartet.«

»Deshalb warst du also da«, sagte Franzi. »Unser Zusammenstoß war gar kein Zufall.«

Melina schüttelte den Kopf. »Ich hab gesehen, wie Herr Carstens den Jungs den Umschlag zugesteckt hat, und wollte wissen, was darin ist.«

Kim kombinierte blitzschnell. »Als Cedric zur Toilette gegangen ist, hast du im Imbiss angerufen und Felix ans Telefon holen lassen, stimmt's? Und während die Jungs abgelenkt waren, hast du dir den Umschlag geschnappt.«

»Nicht schlecht.« Franzi konnte nicht verbergen, dass sie beeindruckt war. »Du hast uns alle an der Nase herumgeführt.«

»Es ging ganz leicht.« Melina wischte sich mit dem Ärmel ihres Pullovers über die Nase. »Als ich gesehen habe, was in dem Umschlag steckt, war ich so glücklich! Es war wie ein Geschenk des Himmels. Alle meine Probleme waren auf einen Schlag gelöst.«

»Betrug ist nie eine Lösung«, sagte Marie.

Melina seufzte. »Was soll ich denn jetzt machen?« Ihre Stimme zitterte. »Meine Eltern bringen mich um, wenn sie von der Sache erfahren. Sie sind sowieso total enttäuscht von mir, weil ich nicht die tolle Schülerin bin, die sie gerne als Tochter hätten.« Sie sah die drei !!! flehend an. »Können wir die Angelegenheit nicht einfach vergessen? Ich versuche auch nie wieder, bei einer Klassenarbeit zu betrügen, ich versprech's!«

Franzi schüttelte bedauernd den Kopf. »Das geht leider nicht, so gern ich dir helfen würde.«

»Es wird schon nicht so schlimm werden«, sagte Marie.

»Du solltest unbedingt mit deinen Eltern reden und ihnen erklären, wie sehr dich ihre hohen Erwartungen belasten«, riet Kim. »Gemeinsam findet ihr bestimmt eine Lösung.«
Franzi stand auf. »Am besten gehst du sofort zur Schulleitung. Je eher du die Sache klärst, desto besser.«
»Wenn du möchtest, begleiten wir dich«, bot Marie an.
»Danke, das ist nett.« Melina atmete tief durch und erhob sich. »Also gut, ich bin bereit. Bringen wir es hinter uns.«

Detektivtagebuch von Kim Jülich
Dienstag, 15:34 Uhr
Der Fall ist gelöst! Heute Vormittag haben wir Franzis Mitschülerin Melina als Diebin des Umschlags entlarvt. Die Falle, die wir ihr mithilfe von Herrn Carstens gestellt hatten, ist zugeschnappt.
Die arme Melina war total fertig mit den Nerven, sie hat mir beinahe leidgetan. Nachdem sie uns alles gebeichtet hatte, haben wir sie zur Schulleitung begleitet. Herr Carstens, Felix und Cedric sind auch mitgekommen. Eine andere Lehrerin hat sich währenddessen um Franzis Klasse gekümmert, die Mathearbeit musste unterbrochen werden. Sie ist jetzt auf Ende der Woche verschoben.
Frau Dr. Kümmerle, unsere Direktorin, war ziemlich überrascht, als wir zu siebt in ihrem Büro aufgetaucht sind. Noch überraschter war sie, als sie gehört hat, was alles vorgefallen ist: ein falscher Lehrer, ein gefälschtes Abschlusszeugnis, eine Erpressung und die gestohlenen Lösungen der Mathearbeit – ganz schön viel auf einmal! Sie musste sich erst mal hinsetzen. Dann hat sie die Eltern von Cedric, Felix und Melina benachrichtigt

und Herrn Carstens mit sofortiger Wirkung vom Dienst suspendiert. Was weiter geschieht, müssen wir abwarten.
Zum Glück hab ich keinen Ärger mit Frau Meisner, meiner Klassenlehrerin, bekommen, weil ich während des Unterrichts so lange weggeblieben bin. Da mir keine bessere Ausrede eingefallen ist, hab ich zu Beginn der Stunde einfach behauptet, ich müsste kurz zur Toilette. Leider hatte ich keine Freistunde wie Marie, die nach dem Gespräch mit der Direktorin schnell wieder zu ihrer Schule zurückgeradelt ist. Erst war Frau Meisner sauer, aber als sie gehört hat, was los war, hat sie auf einen Eintrag ins Klassenbuch verzichtet. Puh, Schwein gehabt! ☺

Geheimes Tagebuch von Kim Jülich
Dienstag, 16:02 Uhr
Dieses Tagebuch ist streng vertraulich! Wer trotzdem darin liest, wird mit Schokoladenentzug nicht unter zwei Jahren bestraft und darf auf unserem Gartenfest kein einziges Stück von Frau Winklers leckerem Kuchen probieren. Das ist die Höchststrafe!!!
Jetzt, wo wir die Erpressung aufgeklärt haben, kann ich mich endlich auf die Vorbereitungen für das Nachbarschaftsgrillen konzentrieren. Nur noch zehn Tage bis zu den Sommerferien und unserem Fest. Ich freu mich schon total!
Ich hab Papa versprochen, mich um die Fruchtcocktails zu kümmern. Jeder Gast soll einen Cocktail zur Begrüßung bekommen. Gerade hab ich ein paar coole Rezepte im Internet herausgesucht: Banane-Himbeer-Cocktail mit Basilikumblättern, Kokos-Mango-Cocktail und eisgekühlter Kirsch-Orangen-Smoothie mit Blattsalat und einem Hauch Ingwer. Klingt super, oder?

Die Rezepte muss ich vorher unbedingt noch ausprobieren. Ich hoffe, Franzi und Marie stellen sich als Test-Trinkerinnen zur Verfügung.
Leider haben beide gerade heftigen Liebeskummer und sind deshalb nicht besonders gut drauf. Marie setzt die Beziehungspause mit Holger ziemlich zu. Sie hat ordentlich daran zu knabbern, dass er Gefühle für ein anderes Mädchen hat. Kein Wunder! Würde mir genauso gehen.
Franzi ist verzweifelt, weil Blake sich offenbar in diese Charlie verliebt hat. Sie hat sich nicht mehr bei ihm gemeldet. Eine ganz normale Freundschaft ist unter diesen Umständen natürlich unmöglich. Das tut mir so leid für sie!
Was ist nur los mit den Jungs?? Warum brechen sie meinen Freundinnen das Herz? Ganz ehrlich, ich bin froh, dass ich gerade Single bin. Dieser ganze Beziehungsstress ist doch total anstrengend. Ich investiere meine Energie lieber in den Detektivclub und in meine nächste Kurzgeschichte. Wenn ich später eine berühmte Autorin werden will, muss ich noch eine Menge üben.
Aber jetzt steht erst mal das Gartenfest an. Hoffentlich können Franzi und Marie ihren Herzschmerz bei Grillwurst und Fruchtcocktails wenigstens für einen Abend vergessen!

Auf gute Nachbarschaft!

»Hereinspaziert! Schön, dass ihr da seid.« Kim strahlte über das ganze Gesicht, als sie Franzi und Marie das Gartentor aufhielt.

»Wow, das sieht ja toll aus.« Franzi sah sich beeindruckt um. Jülichs hatten ihren Garten für das Grillfest wunderschön hergerichtet. Der Rasen war frisch gemäht und leuchtete in einem satten Grün. In den sauber geharkten Beeten blühten rote, gelbe und weiße Rosen mit duftendem Lavendel um die Wette. In den Bäumen hingen bunte Lampions und Girlanden. Auf dem Rasen standen mehrere Stehtische, außerdem gab es drei mit bunten Blütenblättern und Kerzen dekorierte Biertische samt Holzbänken zum Sitzen.

»Hier ist ja schon ordentlich was los«, stellte Marie fest. »Dabei ist es doch erst zehn nach sieben.«

Um die Stehtische hatten sich bereits kleine Grüppchen gebildet und die Gäste unterhielten sich angeregt.

»Die ersten Nachbarn sind schon vor einer halben Stunde gekommen«, erzählte Kim. »Da hatte Papa noch nicht mal die Kohle angezündet.«

Inzwischen qualmte der Grill in der hinteren Ecke des Gartens munter vor sich hin. Herr Jülich legte gerade die ersten Würstchen auf den Rost. Er trug eine knallrote Schürze mit der Aufschrift *Hier kocht der Chef!* und winkte Franzi und Marie zu.

Die Farbe der Schürze erinnerte Franzi an Blakes Lieblings-T-Shirt, das er so gerne zum Skaten trug. Der Gedanke an den Chairskating-Workshop versetzte ihr einen Stich. Der Workshop war nun ohne sie zu Ende gegangen. Zwischen ihr und Blake herrschte immer noch Funkstille. Franzi hatte nichts mehr von ihm gehört und sie hatte sich auch nicht bei ihm gemeldet. Mindestens hundertmal hatte sie ihr Handy in der Hand gehabt, mit dem Finger auf Blakes Nummer. Aber jedes Mal hatte sie das Handy wieder weggelegt, ohne ihn anzurufen. Das brachte doch nichts. Sollte sie sich etwa auch noch von ihm persönlich erzählen lassen, wie glücklich er mit Charlie war? Das würde sie nicht ertragen. Stattdessen versuchte sie, Blake zu vergessen. Leider klappte das bisher nicht besonders gut. Sie musste ständig an ihn denken, an sein Lächeln, seine fröhlichen Augen und die Wärme seiner Finger, als sie Franzis Hand berührt hatten. Es war zum Verrücktwerden!

»Huhu, Franzi!«

Franzi entdeckte ihre Mutter am Buffet, das unter einem knorrigen Apfelbaum aufgebaut war. Sie schüttelte die Gedanken an Blake ab, ging zu ihr hinüber und betrachtete die Leckereien auf dem langen Tisch. Neben großen Schüsseln mit verschiedenen Salaten, Fladenbrot, gerösteten Weißbrotscheiben, mehreren Dips, sauren Gurken, Ketchup und Senf richtete Frau Winkler gerade den Kuchen an.

»Hallo, mein Schatz!« Frau Winkler lächelte ihrer Tochter zu. »Ich bin gleich fertig.« Sie stellte eine große Platte mit duftenden Zimtschnecken neben einen Kirschkuchen und eine Schokoladentorte.

»Mmh, das riecht aber gut.« Kim und Marie waren Franzi gefolgt. Kim schnupperte genießerisch. »Eigentlich ist das

Buffet ja noch nicht eröffnet. Ob ich trotzdem schon eine klitzekleine Zimtschnecke probieren darf?«

»Bestimmt.« Frau Winkler zwinkerte ihr zu. »Irgendjemand muss ja testen, ob sie auch gelungen sind.«

»Genau!« Blitzschnell schnappte sich Kim eine Zimtschnecke und biss hinein.

»Kim!« Frau Jülich war neben Kim aufgetaucht und warf ihr einen strafenden Blick zu. »Der Kuchen ist als Nachtisch gedacht und nicht als Vorspeise.« Sie schnupperte ebenfalls. »Du meine Güte, das riecht aber wirklich verlockend.«

»Greifen Sie gerne zu«, sagte Frau Winkler. »Warm schmecken die Zimtschnecken am besten.«

Frau Jülich ließ sich nicht lange bitten. Sie griff ebenfalls nach einer Zimtschnecke und nahm einen Bissen. »Herrlich!«, schwärmte sie. »Kein Wunder, dass Ihre Backkünste in der ganzen Stadt gelobt werden.«

Franzis Mutter lächelte geschmeichelt. »Danke!«

»Sie sollten ein eigenes Café aufmachen«, schlug Frau Jülich vor. »Die Leute würden Ihnen glatt die Bude einrennen.«

»Ehrlich gesagt ist es tatsächlich schon länger ein Traum von mir, ein Bauernhofcafé zu eröffnen«, gab Frau Winkler zu. »Bisher hatte ich allerdings noch keine Zeit, alles genau zu durchdenken. Natürlich wäre so ein Projekt auch mit einer Menge Mehrarbeit verbunden.«

»Das ist eine wunderbare Idee«, sagte Frau Jülich mit Nachdruck. »Sie sollten Ihre Pläne unbedingt bald in die Tat umsetzen. Ein hübsches Bauernhofcafé fehlt noch in unserer Stadt. Und Ihr Hof ist so idyllisch gelegen. Das ist eine echte Marktlücke!«

»Genau!« Franzi nickte eifrig. »Die Leute könnten am Wochenende Radtouren zu uns machen und sich bei Kaffee und Kuchen erholen. Aber nicht in unserem Hauptquartier«, stellte sie sicherheitshalber sofort klar.
»Nein, natürlich nicht«, beruhigte sie Frau Winkler. »Für die Gäste müssten wir anderswo Platz finden.«
»Vielleicht in der alten Scheune«, überlegte Marie laut.
»Oder im Holzschuppen«, sagte Franzi. »Den müssten wir allerdings erst entrümpeln und etwas herrichten.«
»Und dann kommen Marie und ich jeden Sonntag zum Kuchenessen vorbei.« Kim klang so begeistert, dass alle lachen mussten.
»Noch ist es ja nicht so weit.« Frau Winkler griff nach der Kühlbox, in der sie die Schokoladentorte transportiert hatte. »So, ich fahre jetzt nach Hause. Viel Spaß noch beim Feiern!« Franzis Mutter verabschiedete sich und ging zu ihrem Wagen, den sie vor dem Haus geparkt hatte.
»Fruchtcocktail gefällig?« Ben erschien neben den Detektivinnen und hielt ihnen ein Tablett voller Gläser hin. Jedes Glas war liebevoll mit einem kleinen Papierschirmchen, einem farblich dazu passenden Strohhalm und frischen Orangen- oder Zitronenscheiben dekoriert. Lukas stand mit einem zweiten Tablett am Gartentor und bot jedem neuen Gast ein Begrüßungsgetränk an.
»Gerne.« Franzi griff nach einem Glas. »Ich nehme einen Banane-Himbeer-Cocktail. Den fand ich schon bei unserer Testrunde superlecker.«
Vor einigen Tagen hatte Kim tatsächlich sämtliche Cocktailrezepte ausprobiert und ihre Freundinnen kosten lassen.

»Ich hätte gerne einen Kokos-Mango-Cocktail«, sagte Marie. Kim nahm sich einen Kirsch-Orangen-Smoothie. »Ist noch genug von allem da?«, fragte sie ihren Bruder.

»Der Banane-Himbeer-Cocktail ist fast alle«, antwortete Ben.

»Okay, dann mixe ich gleich mal Nachschub.« Kim trank einen Schluck von ihrem Smoothie. »Sorry, ich muss kurz in die Küche. Bin gleich wieder da, okay?« Sie lächelte ihren Freundinnen entschuldigend zu.

»Kein Problem«, sagte Marie. »Bis gleich!«

Während Kim in Richtung Terrasse verschwand, schlenderten Franzi und Marie über den Rasen und genossen ihre Cocktails.

»Ist es nicht herrlich, dass endlich Ferien sind?«, fragte Marie.

Franzi nickte. »Sechs Wochen ohne Hausaufgaben, Schulstress und Mathearbeiten!«

»Habt ihr die Mathearbeit eigentlich noch nachgeholt?«, erkundigte sich Marie.

»Ja, ein paar Tage später. Und stell dir vor, ich hab eine Drei geschrieben!«

»Super! Das viele Lernen hat sich also gelohnt.«

»Total! Ich konnte mich von einer Vier auf eine Drei verbessern«, sagte Franzi zufrieden. »Meine Eltern waren richtig aus dem Häuschen.«

»Glückwunsch!« Marie trank ihren Cocktail aus und stellte das leere Glas auf einem der Stehtische ab. »Und sonst? Bist du zufrieden mit deinem Zeugnis?«

»Alles im grünen Bereich.« Franzi saugte an ihrem Strohhalm. »Aber lass uns lieber über etwas anderes reden. Schule ist in den nächsten Wochen kein Thema mehr.«

»Guck mal, wer da kommt!« Marie zeigte zur Gartenpforte, durch die gerade ein älterer Herr mit Halbglatze und grauem Schnauzbart trat.
»Herr Poschke!« Franzi musterte den Nachbarn von Familie Jülich. Er hatte sich für das Fest offenbar extra schick gemacht. Zu einer grauen Hose trug er ein blütenweißes Hemd und eine Krawatte mit wildem Blumenmuster.
»Guten Abend, Herr Poschke«, begrüßte Frau Jülich den Gast. »Schön, dass Sie gekommen sind.«
»Danke für die Einladung.« Der Nachbar ergriff Frau Jülichs Hand und schüttelte sie, während er sich leicht verbeugte. Dann überreichte er Kims Mutter ein in geblümtes Geschenkpapier eingewickeltes Paket.
»Ob er das Papier passend zu seiner Krawatte ausgesucht hat?«, flüsterte Franzi.
Marie kicherte. »Oder umgekehrt!«
»Aber das wäre doch nicht nötig gewesen.« Frau Jülich zog eine Weinflasche aus dem Karton.
»Das ist ein besonders fruchtiger Riesling«, erklärte Herr Poschke. »Hoffentlich schmeckt er Ihnen und Ihrem Mann.«
»Vielen Dank.« Frau Jülich stellte die Flasche zur Seite.
»Cocktail gefällig?« Lukas hielt dem Nachbarn das Tablett mit den Getränken hin.
»Gern.« Herr Poschke entschied sich für den letzten Banane-Himbeer-Cocktail. »Auf gute Nachbarschaft!« Er prostete Frau Jülich zu und trank einen Schluck. »Übrigens würde ich gerne eine Kuckucksuhr bei Ihrem Mann bestellen. Wissen Sie, ob er noch Kapazitäten frei hat?«
Kims Vater hatte vor einer Weile seinen Job als Uhrmacher

an den Nagel gehängt und sich als Kuckucksuhrenbauer selbstständig gemacht. Nebenbei kümmerte er sich um den Haushalt.

»Bestimmt«, sagte Frau Jülich. »Er hat zwar gerade ziemlich viel zu tun, aber für Sie findet er sicher noch Zeit.«

Anfangs hatte kaum jemand Herrn Jülichs Uhren haben wollen. Er war schon ganz frustriert gewesen. Dann hatte Kim auf dem Blog des Jugendzentrums einen Post über die Kuckucksuhren ihres Vaters geschrieben und ein paar Fotos eingestellt. Seitdem lief das Geschäft etwas besser.

»Die Würstchen sind fertig«, rief Herr Jülich.

»Ich werde Ihren Mann gleich mal darauf ansprechen und die Uhr in Auftrag geben.« Herr Poschke ging in Richtung Grill davon.

Gleichzeitig kehrte Kim aus der Küche zurück. »So, die Cocktails müssten erst mal eine Weile reichen. Hab ich was verpasst?«

»Nur die Ankunft eures Nachbarn.« Franzi nickte zu Herrn Poschke hinüber. »Er hat mit deiner Mutter auf gute Nachbarschaft angestoßen und möchte bei deinem Vater eine Kuckucksuhr bestellen. Offenbar will er euren Nachbarschaftsstreit endgültig begraben.«

»Ja, in letzter Zeit gibt er sich richtig Mühe.« Kim grinste. »Vielleicht ist es ihm zu anstrengend, ständig herumzumeckern.«

In diesem Moment raste Pablo quer über den Rasen zum Grill. Vermutlich hatte er die Würstchen gerochen und wollte sich einen Bissen sichern. Er lief Herrn Poschke zwischen die Beine, der Nachbar stolperte und ließ sein Glas fallen. Der Bana-

ne-Himbeer-Cocktail spritzte auf sein Hemd, das nun nicht mehr blütenweiß, sondern himbeerrot gesprenkelt war.
»Verdammt noch mal!«, schimpfte Herr Poschke. »Warum ist der Hund denn nicht angebunden? Sieh dir an, was du angerichtet hast, du dummes Vieh! Mein Hemd ist völlig hinüber!«
Aber das interessierte Pablo herzlich wenig. Er stand schwanzwedelnd vor dem Grill und musterte sehnsüchtig die Würstchen.
»Das tut mir wirklich sehr leid«, sagte Herr Jülich schnell. »Pablo, sitz!«
Der Hund befolgte den Befehl, ohne die Würstchen aus den Augen zu lassen. Im Garten war es still geworden. Alle starrten Herrn Poschke an, der ein Taschentuch hervorgezogen hatte und mit hochrotem Kopf an seinem Hemd herumwischte. Erst jetzt schien ihm aufzufallen, dass er wieder in sein altes Verhaltensmuster zurückgefallen war. Er lächelte gezwungen in die Runde. »Ist ja nicht so schlimm. Der Hund hat es sicher nicht mit Absicht gemacht.«
»Pablo ist eben manchmal etwas stürmisch, das wissen Sie ja«, sagte Kims Vater entschuldigend. »Aber er meint es nicht böse.«
»Nein, natürlich nicht.« Herr Poschke gab seine Säuberungsversuche auf und steckte das Taschentuch weg. »Was ich Sie fragen wollte, Herr Jülich, Sie machen doch diese wunderschönen Kuckucksuhren …«
»Ich finde, die roten Spritzer auf seinem Hemd stehen ihm gar nicht schlecht«, stellte Franzi fest, während der Nachbar Kims Vater in ein Gespräch über Kuckucksuhren, den

Schwarzwald und die für diese Region typischen Bollenhüte verwickelte.

»Stimmt! Und sie passen prima zu seiner Krawatte.« Kim kicherte.

»Übrigens hab ich vorhin mit Kommissar Peters telefoniert«, wechselte Franzi das Thema. Der Kommissar war ein guter Freund der Detektivinnen und sie arbeiteten bei ihren Ermittlungen oft mit ihm zusammen.

»Gibt es etwas Neues?«, erkundigte sich Marie.

Franzi nickte. »Herr Carstens hat Wort gehalten. Er hat sich nicht nur bei der Schulleitung, sondern auch bei der Polizei angezeigt. Nun wird wegen Betrugs und Urkundenfälschung gegen ihn ermittelt. Darauf stehen bis zu fünf Jahre Haft.«

»Puh, das ist heftig«, stellte Kim fest.

»Allerdings. Kommissar Peters meinte aber, mit etwas Glück kommt Herr Carstens vielleicht mit einer Bewährungsstrafe davon. Immerhin hat er sich freiwillig gestellt und ein umfassendes Geständnis abgelegt.«

»Eigentlich schade, dass er nun nicht mehr unterrichten darf«, sagte Kim.

»Finde ich auch.« Franzi trank nachdenklich den letzten Schluck aus ihrem Glas. »Schließlich hat er auch ohne Examen guten Unterricht gemacht und uns eine Menge beigebracht.«

»Dass er die Schule verlassen muss, hat er aber ganz allein sich selbst zuzuschreiben«, stellte Marie klar.

»Natürlich.« Franzi stellte ihr leeres Glas weg. »Trotzdem – jeder macht mal Fehler, oder?«

»Apropos Fehler«, sagte Marie. »Wie ist die Sache denn für Cedric und Felix ausgegangen?«

»Die beiden wurden bis zu den Sommerferien vom Unterricht suspendiert«, erzählte Franzi. »Sie sind ganz knapp an einem Schulverweis vorbeigeschlittert. Frau Dr. Kümmer-le will ihnen noch eine Chance geben, aber sie müssen das Schuljahr wiederholen.«

»Und Melina?«, fragte Kim.

»Melina ist leider auch sitzen geblieben. Außerdem muss sie nach den Ferien drei Wochen Hofdienst machen.«

»Die Arme«, sagte Marie. »Hoffentlich haben ihre Eltern halbwegs verständnisvoll reagiert.«

»Vielleicht ist es ja gar nicht so schlecht für sie, das Jahr zu wiederholen«, meinte Kim. »Dann kann sie in aller Ruhe den Stoff in Mathe nacharbeiten und hat nicht mehr so einen großen Erfolgsdruck.« Plötzlich wurde sie kreidebleich und starrte mit weit aufgerissenen Augen zum Gartentor. »Das … das gibt's doch nicht!«

Brennendes Herz

»Was ist los?« Franzi drehte sich um und folgte Kims Blick. Gerade betrat ein weiterer Gast den Garten der Jülichs.

»Michi!«, hauchte Kim.

»Was macht der denn hier?«, wunderte sich Marie.

Kims Exfreund kam lächelnd auf die drei !!! zu. Franzi stellte fest, dass er sich äußerlich kaum verändert hatte. Seine dunkelbraunen Haare hingen ihm immer noch etwas unordentlich in die Stirn und seine blaugrünen Augen funkelten lebhaft. Aber er wirkte älter und erwachsener als früher. Er trug eine abgewetzte Wildlederjacke und seine Schritte waren fest und selbstsicher.

»Hallo, ihr drei!«, begrüßte er die Detektivinnen. Er sah zu Kim und fuhr sich verlegen durch seine fransigen Haare. »Schön, dich wiederzusehen.«

Kims Gesichtsfarbe wechselte von Leichenblass zu Knallrot. »F… finde ich auch«, stammelte sie. Sie verstummte und starrte auf die Spitzen ihrer Turnschuhe. Peinliches Schweigen breitete sich aus.

»Wie läuft das Studium?«, fragte Franzi schnell.

»Prima!« Michi griff das Thema erleichtert auf. »Es macht total viel Spaß und ich komme gut voran. Aber manchmal hab ich auch ein bisschen Heimweh. Deshalb verbringe ich die Semesterferien bei meinem Vater. Ich muss zwar eine Hausarbeit schreiben, aber das kann ich auch hier machen.«

»Und woher wusstest du von dem Grillfest heute Abend?«, erkundigte sich Marie.

»Ben und Lukas haben mich eingeladen.«
»WAS?« Kim erwachte aus ihrer Erstarrung und warf ihren Brüdern einen wütenden Blick zu.
»Ich hab sie letzte Woche zufällig in der Stadt getroffen, als ich auf dem Weg in die Bibliothek war«, erzählte Michi. »Fast hätte ich sie nicht erkannt, die zwei sind ja richtig groß geworden! Jedenfalls haben sie mich spontan zu eurem Gartenfest eingeladen.«
»Wie nett von ihnen«, murmelte Kim. »Mir haben sie keinen Ton davon gesagt.«
Franzi ahnte, dass die Jungs noch Ärger bekommen würden.
»Wie geht es dir, Kim?«, fragte Michi. »Wir haben ja ewig nichts voneinander gehört.«
Kim schien sich wieder einigermaßen gefangen zu haben. An ihrem Hals leuchteten ein paar rote Flecke, aber davon abgesehen wirkte sie relativ ruhig. »Mir geht es prima, danke.«
Franzi gab Marie unauffällig ein Zeichen. Es war sicher besser, die beiden eine Weile allein zu lassen, damit sie sich ungestört unterhalten konnten. »Komm, Marie, wir holen uns eine Bratwurst.«
Marie schaltete sofort. »Gute Idee. Bis später!«
Franzi und Marie schlenderten zum Grill, wo Herr Jülich Würstchen und Steaks austeilte.
»Wahnsinn, dass Michi hier einfach so auftaucht!« Marie stellte sich in die Schlange vor dem Grill. »Das war eine echte Überraschung.«
»Für Kim war es eher ein Schock«, sagte Franzi.
»Stimmt, sie sah aus, als wäre ihr ein Geist erschienen.«

»Diese verflixten Zwillinge! Was haben sie sich nur dabei gedacht?«

Marie zuckte mit den Schultern. »Wahrscheinlich gar nichts.«

»Hallo, Pablo!« Der Hund schnupperte an Franzis Jeans und sie kraulte ihn zwischen den Ohren. »Dich hab ich ja noch gar nicht begrüßt. Hast du schon ein Würstchen bekommen?« Pablo schleckte sich mit seiner rosafarbenen Zunge über das Maul, was Franzi als Ja interpretierte. Der Hund legte sich auf den Rücken, streckte die Beine in die Luft und blickte Franzi bittend an. »Soll ich dir den Bauch kraulen?« Franzi lachte, kniete sich neben Pablo und begann, ihn ausgiebig zu streicheln. Pablo schloss genießerisch die Augen.

»Kriege ich auch ein paar Streicheleinheiten?«

Franzi sah auf und erstarrte mitten in der Bewegung. »Blake! Wo kommst du denn her?« Sie war so mit dem Hund beschäftigt gewesen, dass sie gar nicht gemerkt hatte, wie Blake über den Rasen auf sie zugerollt war.

»Von dort.« Blake deutete vage über die Schulter zur Straße. »Ich hab bei dir zu Hause angerufen und deine Schwester hat mir verraten, wo ich dich finde.«

Franzi knirschte mit den Zähnen. Typisch Chrissie! Sie konnte einfach nicht den Mund halten. Der würde sie nachher was erzählen!

»Ich muss mit dir reden, Franzi«, sagte Blake ernst.

Franzi schluckte. Sie war froh, dass sie auf dem Boden kniete, so konnten ihre Beine wenigstens nicht unter ihr nachgeben. Es war seltsam, Blake wiederzusehen. Er wirkte gleichzeitig vertraut und fremd. Hoffentlich hatte er Charlie nicht mit-

gebracht. Franzi reckte den Hals, konnte aber nirgendwo einen zweiten Rollstuhl entdecken.
»Oh, noch ein Überraschungsgast!« Marie trat mit einer Wurst in der Hand neben Franzi. »Hallo, Blake.«
»Hallo.« Blake lächelte Marie kurz zu, dann sah er wieder zu Franzi. »Können wir uns irgendwo in Ruhe unterhalten?«
»Ich weiß nicht.« Franzi zögerte. »Eigentlich passt es nicht so gut …«
»Bitte!«, drängte Blake. »Es ist wirklich wichtig.«
In Franzis Magen rumorte es. Sie wusste genau, was Blake ihr sagen wollte. Bestimmt war er gekommen, um ihr mitzuteilen, dass er jetzt mit Charlie zusammen war. Sie wollte das nicht hören! Blake sollte verschwinden und sie in Ruhe lassen!
»Geht doch dort drüben hin«, schlug Marie vor, ehe Franzi Blake zum Gehen auffordern konnte. Sie nickte zum hinteren Teil des Gartens hinüber, wo dichte Büsche zwischen Obstbäumen standen. »Da seid ihr ungestört.«
»Gute Idee! Kommst du?« Blake sah Franzi auffordernd an.
Franzi warf Marie einen ärgerlichen Blick zu. Warum fiel ihr ihre Freundin jetzt auch noch in den Rücken? Hatten sich denn heute alle gegen sie verschworen? Sie seufzte. Wahrscheinlich würde sie Blake am schnellsten wieder los, wenn sie sich anhörte, was er zu sagen hatte. Augen zu und durch!
»Also gut.« Sie erhob sich unwillig und ließ Pablo zurück, der enttäuscht winselte.
Blake rollte am Grill vorbei auf die Obstbäume zu und Franzi folgte ihm auf wackeligen Beinen. Weiter hinten im Garten waren die Stimmen der Partygäste nur noch gedämpft zu

hören. Eine Amsel sang in einem Apfelbaum und im Gebüsch raschelte es. Vielleicht ein Igel oder eine Maus. Blake hielt neben einer Bank unter einem Kirschbaum. Er schwang sich aus dem Rollstuhl auf die Bank und klopfte auf den freien Platz neben sich.

»Komm doch her!« Er nickte Franzi zu. »Ich beiße nicht.«

»Haha.« Franzi schnaubte ärgerlich. Das Letzte, was sie jetzt brauchte, waren blöde Witze. Widerwillig nahm sie ganz außen Platz, um einen möglichst großen Abstand zwischen sich und Blake zu schaffen. Trotzdem stieg ihr sein vertrauter Geruch nach Limonen-Shampoo und Pfefferminz-Kaugummi in die Nase. Sie bekam eine Gänsehaut und widerstand dem Impuls, näher zu rücken. »Also, was willst du?«, fragte sie barsch.

»Ich muss dir etwas sagen.« Blake wirkte plötzlich nervös. Er fuhr sich durch seine dunklen Haare und zögerte.

Franzi hielt es nicht länger aus. »Du brauchst nichts zu sagen. Ich weiß schon Bescheid.«

Blake sah sie überrascht an. »Tatsächlich?«

Franzi nickte. »Ich bin schließlich nicht blöd.«

»Und? Was meinst du dazu?«

»Keine Ahnung.« Franzi holte tief Luft. »Bist du wenigstens glücklich?«

»Das weiß ich noch nicht genau«, sagte Blake vorsichtig. »Kommt darauf an.«

»Na ja, ihr seid ja auch noch nicht so lange zusammen.«

Blake runzelte verwirrt die Stirn. »Wer?«

»Du und Charlie natürlich, wer sonst?« Dieses Hin und Her machte Franzi ganz kribbelig. Sie sprang auf.

»Sorry, aber ich verstehe kein Wort.«
»Sonst bist du doch auch nicht so begriffsstutzig!« Wut stieg in Franzi auf. Das war gut. Es war viel besser, wütend zu sein als traurig. »Du und Charlie, ihr seid ein Paar. Das ist es doch, was du mir die ganze Zeit sagen willst, oder?«
Blake starrte Franzi verblüfft an. »Nein.«
»Aber statt Klartext zu reden, laberst du die ganze Zeit um den heißen Brei herum«, schimpfte Franzi, ohne zuzuhören. »Weißt du was? Das ist mir echt zu blöd!«
»Nein«, wiederholte Blake.
»Was?«
»Nein, ich wollte dir nicht sagen, dass Charlie und ich zusammen sind.«
Franzi blinzelte irritiert. »Nicht?«
Blake schüttelte den Kopf. »Das sind wir nämlich nicht.«
»Wie bitte?«
Blake lächelte. »Jetzt bist du aber diejenige, die begriffsstutzig ist. CHARLIE UND ICH SIND KEIN PAAR!«
»Aber …« Franzis Wut verpuffte auf einen Schlag. Blake hatte ihr mit einem einzigen Satz den Wind aus den Segeln genommen. »Aber … du warst mit ihr essen … ihr habt euch doch so gut verstanden … und du hast dich ständig mit ihr getroffen …«
»Wir haben uns ein paar Mal getroffen, das stimmt. Aber nur, weil Charlie mir geholfen hat, eine Seite auf der Crowdfunding-Plattform für Sportprojekte einzurichten, mit der ich das Geld für meinen Traum-Rolli zusammenbekommen will. Sie kennt sich super mit so was aus. Als Dank für ihre Unterstützung hab ich sie zum Essen eingeladen.«

»Das war alles?« Franzis Knie wurden weich. Sie plumpste auf die Bank zurück.

Blake nickte. »Ich will nichts von Charlie, ganz ehrlich. Ich finde sie nett und witzig, aber mehr nicht. Sie ist nur eine gute Freundin.«

Der Satz versetzte Franzi einen Stich. »Eine gute Freundin«, wiederholte sie. »So wie ich, stimmt's?« Ihre Stimme klang bitter. »Ich hab gehört, wie du mit Charlie im Skatepark über mich geredet hast.«

Blake seufzte. »Offensichtlich hast du nur die halbe Unterhaltung mitbekommen. Ich hab zu Charlie gesagt: ›Franzi ist nur eine gute Freundin. Aber ich wollte, es würde mehr daraus werden.‹«

Franzis Herzschlag setzte einen Moment aus. »Was?«

»Du hast mich ganz gut verstanden.« Blake sah Franzi wieder mit diesem Blick an, bei dem ihr gleichzeitig heiß und kalt wurde. »Ich bin schon seit einer ganzen Weile in dich verliebt, Franziska Winkler. Aber ich hab mich nicht getraut, es dir zu sagen. An dem Nachmittag im Skatepark war ich kurz davor. Doch dann hab ich gesehen, wie du diesen Typ abgeknutscht hast … Das hat mich fast umgehauen!«

»Oh nein!« Franzi stöhnte. »Du dachtest, ich hätte was mit Leonhard!«

Blake nickte. »Was sollte ich denn sonst denken? Ich war total fertig. Deshalb hab ich mich auch nicht mehr bei dir gemeldet. Aber heute hab ich diesen Leonhard zufällig im Skatepark getroffen. Wir haben uns ein bisschen unterhalten und dabei ist mir klar geworden, dass ich auf dem Holzweg war.«

Franzi kratzte sich verlegen am Kopf. »Ich hab Leonhard nur geküsst, um dich eifersüchtig zu machen«, gestand sie. »Ich … ich bin nämlich auch schon länger in dich verliebt. Aber ich hatte Angst, es dir zu sagen.«

Blake musste lachen. »Wir sind schon zwei Helden, was?«

Franzi seufzte. »Warum muss Liebe immer so kompliziert sein?«

Blake beugte sich zu ihr hinüber. Franzi sah in seine meerwasserblauen Augen und die Schmetterlinge in ihrem Bauch führten einen Freudentanz auf. Vor lauter Glück wurde ihr ganz schwindelig.

»Besser spät als nie«, murmelte Blake und gab ihr einen sanften Kuss.

Als Franzi und Blake zu den anderen Gästen zurückkehrten, ging die Sonne gerade hinter den Häusern unter und die Dämmerung senkte sich über den Garten. Im Westen leuchtete der Himmel orangerot, während die ersten Sterne aufblitzten. Frau Jülich zündete gerade die Lampions an, die sanft zwischen den Zweigen der Bäume schaukelten und warmes Licht verbreiteten. Ben und Lukas verteilten Wunderkerzen an die Gäste, die später noch abgebrannt werden sollten.

»Wie schön«, murmelte Franzi mit Blick auf die Lampions. Sie griff nach Blakes Hand. Seine Finger schlossen sich warm und fest um ihre. Ein wunderbares Gefühl von Glück erfüllte sie, gepaart mit einem angenehmen Kribbeln in der Magengegend. Alles fühlte sich so vertraut an und gleichzeitig vollkommen neu.

»Da seid ihr ja!« Kim und Marie stürmten auf Franzi zu. Marie sah auf Franzis und Blakes ineinander verschränkte Finger. Ein breites Grinsen erschien auf ihrem Gesicht. »Darf man gratulieren?«
Franzi wurde rot, was im flackernden Licht der Fackeln aber hoffentlich niemandem auffiel. »Wenn du damit meinst, ob Blake und ich zusammen sind – ja, das sind wir.«
»Hurra!«, jubelte Marie. Sie zwinkerte Kim verschwörerisch zu. »Ich hab's doch gewusst.«
»Ich freu mich so für euch!« Kim umarmte erst Franzi, dann Blake. »Das wurde aber auch Zeit.«
»Wieso?«, fragte Blake.
»Franzi war in den letzten Wochen dermaßen schlecht drauf, dass es kaum noch auszuhalten war«, erklärte Marie. »Wenn das die ganzen Sommerferien so weitergegangen wäre …«
Blake drückte einen Kuss auf Franzis Handrücken. »Keine Sorge, ab jetzt ist sie immer gut gelaunt, dafür werde ich schon sorgen.«
»Spinner.« Franzi fuhr ihm liebevoll durch die Haare.
»Getränke gefällig?« Michi erschien mit einem Tablett voller Gläser. »Ich gebe eine Runde Banane-Kirsch-Saft aus.«
»Wie großzügig von dir.« Kim grinste ihm zu, während sie sich ein Glas nahm. Auch die anderen bedienten sich.
»Ist es okay für dich, dass Michi hier ist?«, erkundigte sich Franzi leise, während Michi das leere Tablett zurückbrachte.
»Erst war ich total überrumpelt«, gab Kim zu. »Es hat sich komisch angefühlt, mit so viel Abstand vor jemandem zu stehen, der mir mal so nah war.«
»Kann ich mir vorstellen«, sagte Marie.

»Die Vertrautheit von früher ist immer noch da, doch wir sind kein Paar mehr.« Kim seufzte. »Das ist nicht so leicht. Aber wir haben uns seit der Trennung beide verändert. Michi ist und bleibt meine erste große Liebe und ich werde ihn immer gernhaben. Doch wir leben in verschiedenen Welten und es gibt keine gemeinsame Zukunft.« Ihre Stimme klang ein bisschen wehmütig.
Über Maries Gesicht huschte ein Schatten und Franzi wusste, dass sie gerade an Holger dachte. Ob Marie und Holger irgendwann wieder glücklich werden würden?
»Die Liebe ist ein seltsames Spiel«, zitierte Franzi den Titel eines alten Schlagers, den Oma Lotti früher manchmal gehört hatte. »Zum Glück haben wir ja immer noch uns.« Sie ließ Blakes Hand los und umarmte Kim und Marie. »Wir lassen einander niemals im Stich«, flüsterte sie ihren Freundinnen zu. Die drei !!! tauschten ein Lächeln und Franzi wurde warm ums Herz. Sie hatte das Gefühl, auf einer Wolke aus Liebe zu schweben.
Michi war zurückgekommen und erhob sein Glas. »Auf diesen wunderschönen Abend!«
»Auf die Freundschaft!«, sagte Franzi.
»Auf die Liebe!« Blake griff wieder nach Franzis Hand und drückte sie.
»Auf Franzi und Blake!«, riefen Kim und Marie.
Klirrend stießen die Gläser aneinander. Im selben Moment leuchteten unzählige Wunderkerzen in der Dunkelheit auf und verwandelten den Garten in einen magischen Ort.
Blake zog Franzi auf seinen Schoß und küsste sie. Sie schlang die Arme um seinen Hals und hielt ihn ganz fest. Ihr Herz

brannte so hell wie eine Wunderkerze. Endlich hatte sie ihr Glück gefunden. Und so schnell würde sie es nicht wieder loslassen.

♥♥♥

LESEPROBE

Maja von Vogel: Geheimnis im Düstermoor

Am nächsten Morgen saß Marie müde am Frühstückstisch und rührte in ihrem Kräutertee. Sie hatte schlecht geschlafen, weil das ›Mädchen von Moorhausen‹, Holger, Kalle und Oma Hannelore durch ihre Träume gegeistert waren. Außerdem hatte sie ein schlechtes Gewissen. Holger hatte ihr schon dreimal gesimst und sie hatte immer noch nicht geantwortet. Sie wusste selbst nicht genau, warum. Vielleicht weil ihre Gedanken ständig um Kalle kreisten? Aber das war doch nur ein harmloser Flirt. Oder? Marie schüttelte den Kopf, um die verwirrenden Gefühle zu verscheuchen.

»Was ist los? Hast du Wasser im Ohr?« Kim balancierte vorsichtig einen vollen Teller zu ihrem Tisch. Sie war bereits am Frühstücksbuffet gewesen und hatte sich für eine Portion Rühreier mit Speck, kleine Rostbratwürstchen, Brot, Butter, Kräuterquark und ein Schokocroissant zum Nachtisch entschieden.

Marie gähnte. »Nein, ich versuche nur, richtig wach zu werden.«

»Wieso? Hast du etwa die ganze Nacht von Kalle geträumt?« Franzi setzte sich ebenfalls an den Tisch. Sie hatte sich nur ein

Glas Orangensaft und eine Schale Müsli mit Joghurt geholt. Meistens hatte sie morgens noch keinen großen Appetit.

Marie zuckte zusammen und versuchte, ein harmloses Gesicht zu machen. Franzi sollte nicht merken, dass sie ins Schwarze getroffen hatte. Wieder einmal kam ihr ihr Schauspieltalent zugute. Marie hatte schon lange ein großes Ziel: Sie wollte später eine berühmte Sängerin oder Schauspielerin werden. Diesen Traum verfolgte sie seit Jahren und eines Tages würde sie ihn verwirklichen, da war sie sich ganz sicher.

Ehe Franzi und Kim nachhaken konnten, kam Mia Frehlert in den Frühstücksraum und brachte eine neue Kanne frisch gepressten Orangensaft. Sie lächelte den drei !!! zu. »Habt ihr alles, was ihr braucht?«

Kim nickte. »Danke! Das Frühstücksbuffet ist wirklich toll.«

»Es gibt übrigens sensationelle Neuigkeiten aus dem Dorf.« Die Pensionsbesitzerin machte eine spannungsgeladene Pause, bevor sie weitersprach. »Stellt euch vor, die Moorleiche wurde gestohlen!«

»Was?«, rief Marie. »Das ›Mädchen von Moorhausen‹?«

Mia Frehlert nickte. »Der Botenjunge von der Bäckerei hat es mir vorhin erzählt, als er unsere Brötchen geliefert hat.«

»Das gibt's doch nicht!« Kim schüttelte ungläubig den Kopf. »Wir haben die Moorleiche doch gestern noch im Museum gesehen.«

»Wie konnte das passieren?«, fragte Franzi.

»Genaueres weiß ich leider auch noch nicht«, sagte Mia Frehlert bedauernd. »Das ganze Dorf steht unter Schock. Kein Wunder, die Moorleiche ist eine wichtige Touristen-

attraktion und damit bares Geld wert. Viele Besucher kommen in erster Linie ihretwegen. Aber lasst euch davon nicht den Appetit verderben«, fügte sie hinzu, als sie die schockierten Gesichter der Mädchen sah. »Einen schönen Tag noch!«
»Danke, Ihnen auch«, murmelte Marie.
»Wer stiehlt denn eine Moorleiche?«, wunderte sich Franzi. »Und warum?«
»Genau das sollten wir herausfinden.« Kim wischte sich die von den Würstchen fettigen Finger an ihrer Serviette ab.
»Heißt das, wir haben einen neuen Fall?«, fragte Marie.
Kim nickte. »Sieht ganz so aus. Am besten, wir beginnen sofort mit den Ermittlungen. Wir haben noch ein bisschen Zeit, bevor unsere Kurse anfangen. Was haltet ihr davon, wenn wir auf dem Weg zum Gemeindezentrum beim Moormuseum vorbeischauen?« Sie warf einen bedauernden Blick auf ihren erst zur Hälfte geleerten Teller. »Obwohl es mir in der Seele wehtut, dieses köstliche Rührei stehen zu lassen. Aber als Detektivin muss man eben Prioritäten setzen.«
Franzi grinste. »Stimmt genau.« Sie erhob sich. »Auf geht's, Mädels!«
Kim griff schnell noch nach dem Schokocroissant und steckte es ein. Die Detektivinnen schlüpften in ihre Jacken und verließen eilig die Pension.
Draußen war ein klirrend kalter Herbstmorgen angebrochen. Die aufgehende Sonne färbte den Himmel orangerot und die Luft war so klar wie frisches Quellwasser. Marie atmete tief ein. Ein erwartungsvolles Kribbeln rieselte durch ihren Körper. Sie konnte es kaum erwarten, sich in die Ermittlungen zu stürzen.

»Was haltet ihr von einer Extraportion Energie?«, fragte Franzi und streckte den Arm aus.
Marie und Kim folgten ihrem Beispiel, und alle drei legten die Hände übereinander.
»Die drei !!!«, sagten Kim, Franzi und Marie im Chor.

Die drei !!!

Clevere Girls knacken jeden Fall!

- ☐ Die Handy-Falle
- ☐ Betrug beim Casting
- ☐ Gefährlicher Chat
- ☐ Gefahr im Fitness-Studio[e]
- ☐ Tatort Paris[e]
- ☐ Skandal auf Sendung[e]
- ☐ Skaterfieber
- ☐ Vorsicht, Strandhaie![e]
- ☐ Tanz der Hexen
- ☐ Kuss-Alarm[e]
- ☐ Popstar in Not
- ☐ Gefahr im Reitstall
- ☐ Spuk am See[e]
- ☐ Duell der Topmodels
- ☐ Total verknallt![e]
- ☐ Gefährliche Fracht[e]
- ☐ VIP-Alarm
- ☐ Teuflisches Handy
- ☐ Beutejagd am Geistersee
- ☐ Skandal auf der Rennbahn
- ☐ Jagd im Untergrund
- ☐ Undercover im Netz
- ☐ Fußballstar in Gefahr
- ☐ Herzklopfen![e]
- ☐ Tatort Filmset
- ☐ Vampire in der Nacht
- ☐ Achtung, Promi-hochzeit!
- ☐ Panik im Freizeitpark
- ☐ Falsches Spiel im Internat
- ☐ Betrug in den Charts
- ☐ Party des Grauens
- ☐ Küsse im Schnee[e]
- ☐ Brandgefährlich!
- ☐ Diebe in der Lagune
- ☐ SOS per GPS
- ☐ Mission Pferdeshow
- ☐ Stylist in Gefahr
- ☐ Verliebte Weihnachten
- ☐ Achtung, Spionage!
- ☐ Im Bann des Flamenco
- ☐ Geheimnis der alten Villa
- ☐ Nixensommer
- ☐ Skandal im Café Lomo!
- ☐ Tatort Geisterhaus
- ☐ Filmstar in Gefahr
- ☐ Unter Verdacht
- ☐ Die Maske der Königin
- ☐ Skandal auf dem Laufsteg
- ☐ Freundinnen in Gefahr
- ☐ Krimi-Dinner
- ☐ Das rote Phantom
- ☐ Hochzeitsfieber!
- ☐ Klappe und Action!
- ☐ Wildpferd in Gefahr
- ☐ Geheimnis im Düstermoor
- ☐ Tatort Kreuzfahrt
- ☐ Gorilla in Not
- ☐ Das geheime Parfüm
- ☐ Liebes-Chaos!

kosmos.de Alle Bücher auch als E-Book erhältlich [e] nur als E-Book erhältlich

79